Ausführliche Informationen über unsere Autor*innen und
Bücher finden Sie auf unserer Website
www.scylla-verlag.de

Christoph Brüggentisch

DIE RIBOLLA VERSCHWÖRUNG

Bergischer Krimi

SCYLLA VERLAG
Bergischer Krimi

Bibliografische Information der Deutschen Nationalbibliothek:

Die Deutsche Nationalbibliothek verzeichnet diese Publikation
in der Deutschen Nationalbibliografie; detaillierte bibliografische
Daten sind im Internet über https://portal.dnb.de abrufbar.

1. Auflage
Taschenbuchausgabe Juni 2021
© 2021 Scylla Verlag UG (haftungsbeschränkt), Köln / Christoph Brüggentisch
Covergestaltung: Boris Brüggemann / Scylla Verlag UG
Grafik: iStock by Getty Images
Lektorat: Jeannette Graf / Fabienne Offermann
Korrektorat: Nicola Henselmann / Erika Dönhoff
Buchsatz: Andreas Burbach
Druck und Bindung: Pressel Digitaler Produktionsdruck, Remshalden, Deutschland
Verlag: Scylla Verlag UG (haftungsbeschränkt), Köln / Bergisch Gladbach
ISBN: 978-3-945287-30-9

Dorothea Kosts dritte Ermittlung

für

Inge
Ursula und Hans
Gisela und Martin
&
Romana und Wolfgang

DIE HAUPTAKTEURE

Paula Baumrot:	Ärztin
Dorothea (Dora) Kost:	Kriminalbeamtin
Jim Lord:	The Professional
Johannes Montus:	Restaurantkritiker
Dieter Schmitz:	Journalist
Günther Treibach:	Steuerberater
Robert Upper	Sommelier
Mino Urban:	Gastronom und Winzer
Maximilian (Max) von Lofte:	Künstler
Karl Willkens:	Patriarch
Kurt und Christian Willkens:	Jungwinzer

Ein Crossover-Krimidinner in 7 Gängen

APERITIF

Collio

Weinberge soweit sein Auge reichte. Die sonnenbedeckten Rebstöcke ergossen sich über die Berge der Colli Orientali del Friuli. Sie trugen den Schatz dieser Hügellandschaft in Form edler Trauben: Friulano, Pinot Bianco, Cabernet Franc oder Ribolla. Es war nicht einfach gewesen, dem Boden die Fruchtbarkeit einzuhauchen, die nötig war, um exzellenten Wein zu produzieren. Viele Generationen hatten sich daran versucht. Probleme hatte es immer gegeben: Die generelle Armut, die notwendige Investitionen unmöglich machte. Die Reblaus, die alte Rebstöcke vernichtete. Die Massenweinproduktion, die Qualität und Preise zerstörte. Das große Ziel war, in diesem Landstrich Topweine wie in der Toskana zu produzieren. Die Supertuscans hatten Weltruhm erlangt. Jeder Weinliebhaber auf der Welt wollte sie besitzen. Egal zu welchem Preis.

Soweit war man im Friaul noch nicht. Die Weine waren gut, besaßen aber noch keinen Kultstatus. Allerdings würde sich das bald ändern. Das globale Business begann sich für diesen Teil Italiens zu interessieren. Ausländische Interessenten streckten ihre Fühler aus. Das blieb auch ehrenwerten italienischen Kreisen nicht verborgen.

Die Einheimischen gaben dafür ihren Schweiß, ihre Kraft, ihr Blut und ihr Leben. Und sehr bald würde ein weiterer Mensch sterben.

Frankfurt am Main

Es regnete, als hätte Gott eine neue Sintflut ausgerufen. Die Rollbahnen waren kaum mehr zu erkennen. Menschen suchten das Trockene. Sie glichen Tieren, die Noahs Arche bevölkerten. Ansonsten war die Zeit stehengeblieben. Die Passagiere, die auf verspätete Maschinen warteten, wirkten aufgebracht, müde oder nachdenklich. Die beiden jungen Männer blickten durch die großen Fenster des Flughafens nach draußen. Auch sie hatten nachgedacht. Die finanziellen Abenteuer ihres Patriarchen hatten den Betrieb an der Obermosel in unruhiges Fahrwasser bugsiert und es war kein Ende abzusehen. Er hatte zu viele einsame Entscheidungen getroffen. Die Belange der anderen interessierten ihn nicht. Empathie war ihm ein Fremdwort. Sie mussten ihn stoppen.

„Ich bin froh, dass wir es tun."

„Ja."

„Wir hätten es viel früher tun sollen."

„Vielleicht."

„Noch ein paar Tage. Nie wieder Fehlentscheidungen auf Kosten des Unternehmens."

„Nie wieder."

Ihr Flug nach Italien wurde aufgerufen und sie gingen in Richtung ihres Gates davon.

AMUSE BOUCHE

Collio

Es gibt Tage, an denen geht die Welt unter und es gibt Tage, an denen passiert Schlimmeres.

„Johannes Montus am Apparat." Er hielt das Smartphone in der linken und ein Glas Weißwein in der rechten Hand. Die Weinkritik dazu hatte er schon im Kopf.

„Hallo Johannes, hier ist Paula." Für Johannes Geschmack klang Paula Baumrots Stimme einen Ton zu hoch.

„Seid ihr schon in Triest? ", fragte sie.

„Nicht in Triest", erwiderte Montus. „Wir sind in Prepotto, zwischen Triest und Udine, auf dem Weingut Casa Ribolla."

„Und, erholt ihr euch gut? Schließlich muss Dora bald wieder bei der Kripo anfangen. Sie hat lange genug krankgefeiert."

„Na ja, Paula, du weißt ja, Dora wäre lieber nach Südfrankreich oder in die Toskana gefahren."

„Und dann kam deine Arbeit dazwischen, die du natürlich auf keinen Fall verschieben konntest", sagte Paula.

„Du kennst meinen Redakteur nicht. Der will so schnell wie möglich einen exakten Abriss über die Weine aus dem Friaul. Schließlich liebe ich die hiesigen Weißweine und beherrsche ein wenig Italienisch. Aber sei ganz beruhigt. Ich habe vorher mit Dora gesprochen und sie war einverstanden. Du, als ihre Leibärztin und beste Freundin, solltest ihr den Urlaub gönnen."

„Hm... Ich weiß nicht. Bei eurem letzten Aufenthalt im Friaul hat ein Typ versucht, euch zu killen. Also, ob Mord und Totschlag eine geeignete Referenz für eine intime Urlaubsreise sind ... Da bin ich skeptisch."

„Na hör mal. Sieben Tage mit ihrem Helden, also mir, sind doch bestimmt Grund genug, hier zu sein."

Nach einer dramaturgischen Pause ergänzte Johannes: „Außerdem wollen wir auch ein paar Restaurants unsicher machen."

„Selbstredend."

„Und Dora hat so viele Krimis mitgenommen, dass sie die sieben Tage locker mit Lesen verbringen kann, während ich schwer arbeiten muss. Zurzeit liest sie irgendwelche Krimis, die von Einsamkeit und Pfeifenrauch handeln. Glaube ich zumindest."

„Faszinierend, Johannes. Ich muss mit dir aber dringend über etwas anderes sprechen", sagte Paula. Jetzt war sie ganz professionelle Ärztin. „Ich habe die Ergebnisse von deinem Generalcheck."

Montus horchte auf. Klang da etwa Besorgnis in Paulas Stimme mit?

„Stimmt irgendetwas nicht?", fragte er.

„Insgesamt bist du gut in Schuss. Das Cholesterin liegt im Grenzbereich. Ein bisschen Sport würde dir guttun."

Montus atmete auf. Das Thema Cholesterin war ihm bekannt und beunruhigte ihn daher nicht sehr.

Paula fuhr fort: „Allerdings gefallen mir deine Leberwerte nicht. Da musst du sofort etwas unternehmen."

Panik stieg in Montus hoch. Das durfte nicht wahr sein. Ihm war immer klar gewesen, dass sein Beruf gewisse Risiken barg. Aber seine Leber hatte er stets für stahlhart gehalten. Er und sie vertrugen einen Stiefel.

„Was soll ich deines Erachtens nach tun?", stotterte er.

„Nimmst du irgendwelche Medikamente, die du mir verheimlicht hast?"

„Was für Pillen meinst du?"

„Viagra oder andere Potenz steigernde Mittelchen zum Beispiel."

„Wie bitte? Das ist nicht dein Ernst."

„Nein, natürlich nicht. War nur Spaß, um dich ein wenig aufzumuntern."

„Ist dir definitiv nicht gelungen!"

„Okay. Aber nimmst du im Moment Antibiotika oder starke Schmerzmittel, von denen ich wissen sollte? So was kann die Leberwerte beeinflussen."

„Tut mir leid. Ich bin clean. Ich nehme höchstens mal ´ne Aspirin."

„Dann mein Lieber, acht Wochen keinen Alkohol."

„Um Gottes willen", schrie Montus. „Das geht auf keinen Fall. Ich weiß nicht, ob du mich eben richtig verstanden hast. Ich bin hier im Friaul, um Wein zu probieren. Das ist allerdings unmöglich, wenn ich abstinent lebe."

„Spuck den Wein halt wieder aus. Ich habe gehört, dass Weinkenner das so machen."

„Ja klar! Das sind die, die keine Ahnung davon haben, was Abgang beim Wein bedeutet", brüllte Montus.

„Johannes, es ist deine Leber und dein Leben. Ich rate dir aber, tritt ein bisschen kürzer. Gönn deinem Körper eine Pause. Du weißt doch, unser Körper sollte uns heilig sein."

„Verdammt! In solchen Dingen bin ich überzeugter Atheist", sagte Montus.

„Vielleicht lässt Du einfach Dora den Abgang der Weine probieren. Frauen haben eh den besseren Gaumen."

„Wer sagt denn so etwas?"

„Johannes, das habe ich von dir."

Karl Willkens saß in dem Zimmer, das er in der Casa Ribolla gemietet hatte. Draußen schien die Sonne. Er hätte auf den Balkon gehen, das Wetter und eine Pfeife genießen können. Stattdessen drehte er hier die gestopfte Pfeife in der Hand und dachte über sein Leben nach.

Seit vierzig Jahren machte er Wein in Nittel an der Obermosel. Schönen, reinrassigen Elbling, staubtrockenen Riesling und ein wenig Grau- wie Weißburgunder. Aber so richtig angetan hatte es ihm der Ausbau hochklassiger Sekte. Da konnte manch teurer Champagner nicht mithalten. Insbesondere der Rote Elbling- und der Rieslingsekt wurden ihm sprichwörtlich aus der Hand gerissen. Die Krönung des Ganzen aber war der Pinot Noir Sekt. Der trug ganz und gar seine Handschrift und war das Signaturprodukt seines Hauses.

Er war gerade sechzig geworden und immer noch ein ganzer Kerl; groß, kräftig und mit einer unverwüstlichen Gesundheit ausgestattet. Ein Umstand, den seine erwachsenen Zwillingssöhne ihm manchmal vorzuwerfen schienen. Obwohl er pro Tag locker zwei Liter Wein oder Sekt trank, war das weder seinen Organfunktionen, seinem Aussehen noch seiner geistigen Befindlichkeit anzumerken. Ob man es glaubte oder nicht: Er war noch nie richtig betrunken gewesen.

Seine Jungs hingegen fielen schon nach zwei Gläsern in ein alkoholbedingtes Koma. Sie waren für den Winzerberuf ungeeignet. Obwohl er sie von klein auf in die Sekt- und Weinproduktion eingeweiht hatte, fehlte ihnen ganz offensichtlich das Interesse und das richtige Händchen für diesen Beruf. Kurt und Christian schlugen aus der Art. Kamen eher nach ihrer Mutter. So verbrachten sie mehr

Zeit am Computer als im Wingert. Er gab es ungern zu, aber seine Söhne sollten lieber irgendeinen Medienscheiß studieren, anstatt an seinen Trauben rumzupfuschen.

Er drückte den Tabak in seiner Pfeife noch etwas fester.

Das alles bereitete ihm Sorge, denn er befürchtete, dass nach seinem Tod das Weingut Talerberg von seinen Erben verscherbelt und somit nach über hundert Jahren nicht mehr in Familienbesitz bleiben würde. Aber so war wohl der Lauf der Dinge. Alles Beständige wurde flüchtig. Alte Werte galten nicht mehr. In der heutigen Welt waren Anstand und Verstand Fremdworte.

Umso wichtiger war es ihm, dass seine Sekte und Weine noch besser wurden. Er hatte in die Kellertechnik investiert, war in der Champagne gewesen, um sich die französischen Verfahren anzuschauen und hatte in den letzten Jahren immer stärker auf Qualität statt Quantität gesetzt. Außerdem wollte er mindestens bis zu einem Alter von hundert Jahren seine geliebten Weinberge bewirtschaften. Im Grunde wollte er sich ein Denkmal setzen, zumindest in seiner Zeit. Das war sein gutes Recht. Als Mann hatte man sogar die Pflicht, der Nachwelt etwas von Bedeutung zu hinterlassen. Punkt. Deshalb war er jetzt in Italien gelandet.

Mosel

Wollte man als Sommelier Karriere machen, musste man in den Hotspots der Welt agieren. So sah er das. Und er, Robert Upper, war Chefsommelier des besten italienischen Restaurants, dem ‚Per Me‘, in der aufregendsten Metropole der Welt: New York.

Sein aktueller Aufenthaltsort war das genaue Gegenteil: Das Weinanbaugebiet Mosel-Saar-Ruwer. Er war in Trier in einem kleinen, aber edlen Hotel untergekommen. Das einzig Überraschende waren die zahlreichen morbiden Spuren der Römer und des Altertums, die die Stadt durchzogen. Doch viel Zeit blieb ihm nicht für die Sehenswürdigkeiten. Er war gezwungen, sich die Mosel rauf und runter zu probieren, inklusive der Nebenarme Saar und Ruwer.

An diesem deutschen Flüsschen konnte man zwar gut essen und die Weine waren in der Welt konkurrenzfähig, doch für seinen Geschmack gab es entschieden zu viel Weißwein.

Seit zwei Wochen war er in Deutschland unterwegs. Und es war nicht das erste Mal, dass er dieses, auch nach der Wiedervereinigung immer noch kleine Land, besuchte, um neue unbekannte Winzer und Weine für den Restaurantkeller zu entdecken. Deutscher Riesling wurde immer beliebter in den Staaten und auch die germanischen Rotweine hatten in Übersee in letzter Zeit für Furore gesorgt. Er war also auf der Suche nach einem neuen und echten Geheimtipp.

Einige Moselrieslinge hatte er schon bestellt. Doch bis jetzt hatte er in Deutschland keinen einzigen trinkbaren Rotwein entdecken können. Upper war fünfunddreißig Jahre alt und seit fünfzehn Jahren leidenschaftlicher Rotweintrinker. Besonders die Merlottraube hatte es ihm angetan. Schwere und wuchtige Rotweine waren hier aber Mangelware. Der angebliche Klimawandel hatte daran nichts geändert.

Aktuell war er allerdings doppelt angepisst. Er stand am Tresen der Vinothek Ayl und verstand die Deutschen nicht.

„Scheiße", sagte er und fand, dass es schon richtig gut klang.

„Merda", wiederholte er auf Italienisch, was ein wenig wie das französische *Merde* klang. Natürlich sprach er sämtliche Weltsprachen des Weins.

Er probierte Rieslinge aus den besten Parzellen. Der alte Patron des Weinguts hatte mit ihm eine Tour de Raison durch das Angebot gemacht. Besonders der Ayler Kupp vom Bersch könnte der

Geheimtipp sein, den er suchte. Das feine Säurespiel des Rieslings war perfekt.

Upper hatte allerdings Probleme mit der deutschen Weingesetzgebung. Einige der probierten Weine hatten das Potential für ein sogenanntes Großes Gewächs. Aber da der Winzer nicht im Verband Deutscher Prädikats- und Qualitätsweingüter, kurz VDP, organisiert war, durfte er seine besten Weine nicht so nennen. Die Krauts waren schon ein komisches Volk. Das Beste aus deutschen Landen durfte sich schlichtweg nicht so nennen.

„Können Sie mir einhundertfünfzig Flaschen vom Bersch nach New York liefern?", fragte Upper.

„Sie können drei Kisten à sechs Flaschen haben", antwortete der Winzer.

„What?" Upper traute seinen Ohren nicht. Hatte der Winzer ihn nicht verstanden? „Of course we pay die Transportkosten und ich lege noch dreihundert Euro cash obendrauf. Muss die Steuer ja nicht wissen."

Das Gesicht des Winzers glich einem Stoneface als er antwortete: „Nehmen Sie Ihr Geld und gehen Sie."

Upper war perplex. Dieser Sturkopf wollte kein Geschäft machen. Er verfiel in seine Muttersprache. „You're crazy."

„Meine Stammkunden werden mich teeren und federn, wenn ich alles nach Übersee verkaufe und sie bei dem neuen Jahrgang leer ausgehen", antwortete der Winzer ruhig.

„Deshalb wollen Sie einen fantastic deal ausschlagen?" Die Argumentation des Winzers war hirnrissig. „Das ‚Per Me' ist schließlich nicht irgendein Schuppen in New York, sondern das angesagteste und edelste Etablissement für Gourmets überhaupt. Das ‚Per Me' als Kunden zu haben ist eine Ehre! Really!" Aber der Bauer hier verstand das nicht, wollte es nicht verstehen.

„Wissen Sie was?", sagte der Winzer. „Das war reine Zeitverschwendung. Schönen Tag noch."

Upper traute seinen Ohren nicht. Was bildete sich der Typ denn ein? Bevor er etwas erwidern konnte, schob ihn der grobe Kerl vor die Tür.

Es regnete. Hier schien es immer zu regnen. Er schaute auf sein Handy. Seine Partner für das Italienprojekt hatten sich auch noch nicht gemeldet. Sie hätten längst einen Vertreter nach Italien schicken sollen, um das Ganze über die Bühne zu bringen. So langsam wurde er nervös. Wollten die ihn vielleicht über den Tisch ziehen und den Kauf ohne ihn abwickeln? Der Gedanke brachte ihn in Rage, schließlich hatte er diese Opportunität aufgetan.

Keinen Wein von der Saar und keine Nachrichten vom Kompagnon. Heute war ein fucking day.

Köln

Heute fiel Maximilian von Lofte die Malerei leicht. Er stand vor der Staffelei in seinem Atelier in der Friesenstrasse und tupfte gelbe Punkte auf die Leinwand. Im hellen Licht, das durch die großen Fenster auf das Bild fiel, sahen sie sensationell aus. Er fühlte sich auf der Höhe seiner Schaffenskraft.

Das Smartphone riss ihn aus seinen Betrachtungen. Wer wagte es, seinen kreativen Fluss zu stören?

Als er allerdings Paulas Namen auf dem Display sah, jubilierte seine Künstlerseele. Paula war die Muse, nach der er so lange gesucht hatte.

Er wischte über das Display. „Hallo, mein Sonnenschein. Ich denke, Van Gogh wäre neidisch auf mich, würde er dich, meine Inspiration, kennen."

„Ich dachte immer, dass dieses Privileg Rubens zustehe. Aber sei es drum. Du bist auf jeden Fall bester Laune. Und wenn das an mir liegt, bin ich glücklich", erwiderte Paula.

„So sei es", sagte von Lofte. Doch dann hörte er nur Schweigen am anderen Ende der Leitung. „Hallo, hörst du mich noch?"

„Tschuldigung, ich habe nur kurz nachgedacht."

„Worüber?"

„Über dich und deine momentane Befindlichkeit."

„Und?"

„Du sagst nicht die Wahrheit."

„Wie bitte?" Von Lofte verstand die Welt nicht mehr.

„Gib es doch zu: Deine euphorische Stimmung hängt in erster Linie mit diesem Treibach zusammen."

Von Lofte schluckte. Günther Treibach war sein neuer Steuerberater und privater Anlageberater. Dieser Fachmann aus Bergisch Gladbach war in Kölner Kreisen eine große Nummer. Er hatte von Loftes Finanzen wieder in Ordnung gebracht.

„Liebling, Treibach hat immerhin eine Stundung für meine Steuerschulden erwirkt", antwortete er.

„Na und?" Paulas Stimme klang schnippisch.

„Außerdem hat Treibach zwei meiner Bilder gekauft und mir einige seiner gut betuchten Freunde und Bekannten vorgestellt."

„Ist ja der Wahnsinn."

Der Klang in Paulas Stimme hörte sich nicht gut an. Gleichwohl versuchte es von Lofte weiter: „Ich habe die gesamte Kölner Brückenreihe an den Mann gebracht. Und das zu einem guten Preis."

„Da kann man ja nur hoffen, dass die Stadtspitze in ihrer unendlichen Weisheit und ungeachtet der horrenden Kosten beschließt, viele weitere, an sich mehr als nötige Brücken über den Rhein zu bauen, damit du sie malen kannst. Sie dürfen halt nur nicht einstürzen."

„Du verstehst es, die Dinge auf den Punkt zu bringen. Bravo, Schatz." Das Gespräch lief für von Loftes Geschmack in die völlig falsche Richtung. Sein Erbe aus vergangenen Zeiten war aufgrund der herrschenden Niedrigzinsphase und erwartbarer Partnerschafts-Mehrausgaben nicht mehr existent. Durch den Verkauf seiner Werke hatte er jetzt jedoch seit längerem mal wieder etwas Geld auf dem Konto.

„Du hast doch am kommenden Wochenende nach deinem Nachtdienst im Krankenhaus frei", versuchte er die Situation zu retten. Er hatte eine Idee.

„Wenn du das sagst."

„Was hältst du davon, wenn ich dich zu einem schicken Abendessen einlade?"

„Das nennt man Bestechung, mein Lieber, aber sprich ruhig weiter." Paulas Stimme wurde weicher.

„Ich denke dabei an ein schönes Sternemenü im ‚Chez Frères' in Odenthal im Rahmen eines erotischen Wochenendes."

„Ich schwanke noch."

„Liebes, vergiss diesen Treibach. Du bist mein ein und alles. Oder glaubst du etwa, ich würde meinem Steuerberater ein solches Angebot machen?"

Von Lofte hörte ihr herzhaftes Lachen am anderen Ende der Leitung. „In Ordnung. Die Rechnung teilen wir uns aber."

„Ich lade dich ein", sagte von Lofte bestimmt.

„Kommt nicht in Frage. Ich will ja nicht wie Dora und Johannes enden."

„Wie habe ich denn das zu verstehen?"

„Dora ist Johannes hörig."

„Wie bitte?"

„Sie ist ihm ins Friaul gefolgt, obwohl sie nach Südfrankreich oder in die Toskana wollte."

„Ich denke, der Sachverhalt gestaltet sich etwas komplexer", erklärte von Lofte.

Wieder vernahm er ein Lachen.

„Du verscheißerst mich", stellte er fest.

„Du merkst auch alles, du Genie." Paula beendete das Gespräch und ließ von Lofte irritiert zurück. Er verstand die Frauen nicht.

Er dachte an Doras und Johannes Beziehung. Hatten sie die gleichen Verständigungsprobleme wie Paula und er? Paula und Dora waren sich sehr ähnlich. Sie würden das zwar vehement abstreiten, aber in Bezug auf Männer hatten sie einen ähnlichen Geschmack.

Besonders nach den Ereignissen im letzten Jahr hatte sich die Freundschaft zwischen den beiden Paaren enorm vertieft. Johannes hatte in diesem Zuge Paulas und seine Begeisterung für sehr gutes Essen geweckt. Das spürte er natürlich im Geldbeutel. Ein Nachteil des guten Geschmacks.

Aber schließlich war der Körper kein Kloster, sondern ein Kinosaal, in dem viele spannende oder lustige Filme gezeigt werden sollten. Und von Lofte war sich bewusst, dass das Etablissement jederzeit und unvermutet geschlossen werden konnte. Er glaubte nicht an ein Remake im Himmel. Das machte die Existenz zu einer ziemlich einmaligen Sache, ohne die Chance einer Fortsetzung in einem zweiten oder dritten Teil.

Schade eigentlich. Der zweite Teil vom Paten war schließlich besser als der erste. Aber das echte Leben blieb halt eine Einbahnstraßen-Sackgasse. Da war es zwingend notwendig, sich mit seiner Geliebten zu verstehen.

Collio

Vor dem kleinen Restaurant des Weingutes und Agriturismo Casa Ribolla tranken sie einen profanen Cappuccino statt eines Glases Spumante.

So sah es wohl zumindest Johannes, der nach Paulas Nachricht ein anderer Mensch geworden war. Mürrisch, übellaunig und unsensibel. Mit anderen Worten, der Restaurant- und Weintester war als solcher nicht wiederzuerkennen. Dora seufzte. „Johannes, jetzt nimm es nicht so tragisch. Ein paar Wochen Askese wird dir gut tun und außerdem wird dir der Wein nach so langer Abstinenz noch viel besser schmecken."

„Schatz, bitte keine dummen Sprüche. Die Nachricht ist eine Katastrophe. Wie soll ich meine Arbeit machen, wenn ich die Weine nicht selbst probieren kann?"

„Das ist in der Tat ein problematischer Aspekt. Aber ich denke, du musst dich entscheiden: Entweder ein Artikel, der, wie immer, nur für eine kurze Dauer deinen Lesern im Gedächtnis bleiben wird und dann unweigerlich in einem Vogelkäfig als Kloersatz landet, oder auf ewig ein übellauniger Alkoholiker." Dora konnte sich ein Kichern nicht verkneifen. Sie liebte es, Johannes auf diese Weise zu reizen.

„Ich bin kein Alkoholiker." Montus schien ihre Ironie nicht bemerkt zu haben. In solchen Sachen verstand er keinen Spaß.

„Stimmt. Du bist stattdessen ein mehr als geübter Trinker. Aber das kann ja in Zukunft noch umschlagen in ungehemmte Gelage und Schwerstarbeit für Leber und Niere." Nun musste Dora lachen. Sie gestand sich ein, dass sie sich an Johannes Leid ein wenig weidete. Woher kam nur diese Neigung?

„Du bist mir vielleicht ein Spaßvogel", sagte Johannes. „Dir ist hoffentlich klar, dass ich mit Essen und Trinken meinen Unterhalt verdiene. Den kleinen Brillantring an deinem linken Mittelfinger verdankst du zum Beispiel einem Bericht über elsässischen Gewürztraminer."

„Du bist ein Scheusal. Ich dachte, den habe ich deiner großen Liebe und Leidenschaft zu verdanken?"

„Das natürlich auch", bemerkte Johannes kleinlaut. Zu weiteren Ausführungen kam er jedoch nicht mehr. Mino Urban, der Herr und Winzer des Hauses, und ein weiterer Mann tauchten an ihrem Tisch auf. Urban war so etwas wie der Prototyp eines Europäers. Er entstammte nämlich, wie er ständig betonte, einer österreichisch-slowenisch-italienischen Familie, sprach perfekt italienisch, slowenisch, gebrochen englisch und zu Doras Freude sehr gut deutsch. Zudem sah der Endfünfziger unverschämt gut aus, auch wenn er nur 1,70 Meter maß.

In fließendem Deutsch sagte er: „Ich möchte euch einen eurer Landsmänner vorstellen. Er ist Winzer von der Mosel. Ihr müsst euch unbedingt kennenlernen."

Er deutete auf den kräftigen Mann hinter sich.

„Das ist Karl Willkens", sagte Mino. „Er will sehen, wie wir hier in Norditalien unseren Prosecco und Spumante herstellen. Und natürlich herausfinden, warum er so gut ist."

Johannes war anzumerken, dass ihm diese Störung gelegen kam. Er sprang auf und reichte dem robusten Winzer die Hand. „Sehr erfreut, Sie kennenzulernen. Ich bin Johannes Montus und das ist meine Partnerin Dorothea Kost."

Auch Dora erhob sich und ergriff Willkens Pranke.

„Bitte keine Umstände", entgegnete dieser. Er wandte sich an Johannes: „Sie sollen ein begnadeter Genießer sein. Und ich sagte mir: Okay, man trifft ja nicht alle Tage einen berühmten deutschen

Gourmet mit so angenehmer Begleitung in einem fremden Land."

„Setzen Sie sich doch zu uns", sagte Johannes.

„Gerne, aber nur für einen kurzen Moment."

„Ich muss wieder in die Küche." Mino wollte sich verabschieden, doch Willkens hielt ihn am Arm fest. „Mino, bevor du wieder in deine Töpfe schaust, bring doch bitte eine Flasche Ribolla Gialla Spumante 2017 und drei Gläser." Er sah Johannes an. „Ich denke, den kennen Sie schon. Ist ein wirklich schöner Sekt aus einer friulanischen autochthonen Rebsorte. Wird noch nicht so lange hier in der Region produziert. Soll wahrscheinlich die Prosecco-Schwemme etwas eindämmen."

Dora wollte einwenden, dass das mit dem Alkohol bei ihrem Freund zurzeit so eine Sache sei. Aber Johannes schaute sie scharf von der Seite an und sagte: „Eine echte Entdeckung, in der Tat. Da muss ich Ihnen beipflichten. Minos Sekte haben sogar schon Preise auf internationalen Messen gewonnen."

Willkens richtete sich an Dora: „Redet ihr Partner immer so geschwollen?"

„Er ist halt auch nur ein Mensch." Dora und Willkens lachten aus vollem Hals, Willkens in einer tiefen Baritontonlage, Dora hell und vergnügt.

Aus der einen Flasche wurden am Ende vier. Willkens erwies sich als kompetenter Gesprächspartner in Sachen Wein- und Sektbereitung und dem Erzählen derber Witze.

Nach der dritten Flasche aber klagte Willkens über seine familiäre Situation. Insbesondere an seinen Söhnen ließ er, was den Winzerberuf anbelangte, kaum ein gutes Haar.

Im gleichen Atemzug lobte er Minos Söhne, die sich beide mit vollem Einsatz an den Projekten des Vaters beteiligten.

Mino brachte kleine Schweinereien, die hervorragend zum Spumante passten, und der Nachmittag verging wie im Flug.

Als die Sonne schräg über den Weinbergen stand, blickte Willkens auf seine Armbanduhr. „Verdammt, die blöde Zeit. Ich hätte schon mindestens zwanzig Flaschen von fünf verschiedenen Winzern intus haben müssen. Schließlich bin ich zum Probieren hier." Im Weggehen drehte er sich noch einmal um. „Kommen Sie doch mal vorbei, wenn Sie wieder in Deutschland sind. Ein, zwei Flaschen Sekt sollte ich noch im Keller haben." Dann bretterte er mit seinem Geländewagen vom Hof.

Der Alkoholgenuss ist seiner Fahrweise nicht anzumerken, dachte Dora und sah Johannes derweil mit strafendem Blick an.

„Schau mich nicht so anklagend an!" Johannes versuchte ihr den Wind aus den Segeln zu nehmen. „Was sollte ich machen? Ich konnte doch jetzt echt nicht die ganze Zeit Wasser trinken. Damit hätte ich Willkens beleidigt. Winzer, so musst du wissen, sind da sehr eigen."

Dora lächelte: „Schon klar. Du bist lieber tot als nüchtern."

Bergisch Gladbach

Obwohl es schon spät war, trug er noch den Seidenpyjama, den er vor einem halben Jahr in Paris gekauft hatte. Das Glas Champagner, das er sich heute gönnte, belebte seine Gedanken.

Treibach saß in seinem großen Ohrensessel aus feinstem Rindsleder und dachte an von Lofte, den er im Rahmen einer Vernissage kennengelernt und in der Folgezeit solange bearbeitet hatte, bis dieser seine finanziellen Dinge in Treibachs Hände gelegt hatte.

Das hatte gewisse Vorteile. Einen stadtbekannten Maler unter seiner Kundschaft zu haben, war ein Wert an sich. Und die Kontakte, die von Lofte ihm in die Kölner High Society vermitteln konnte, waren Gold wert. Die Honorare für seine Dienstleistung als Steuerberater waren da nur Nebensache. Richtig Kasse machte er mit anderen Geschäften.

Dennoch fehlte es ihm an liquiden Mitteln. Sein Geld war in einigen Real Assets, wie Immobilien, Kunst und anderen Dingen angelegt, die er nicht mal eben veräußern konnte. Für die nächste Investition fehlten ihm deshalb ungefähr 50.000 Euro an Barvermögen.

Er tat es nicht gerne, aber im blieb nichts anderes übrig. Er griff zum Telefon.

Sein Opferlamm meldete sich: „Maximilian von Lofte."

„Günther Treibach hier. Guten Tag, Herr von Lofte. Ich hoffe, Sie fühlen sich wohl?"

„Das Klagen ist ein Luxus, den ich mir zurzeit versage. Daran sind Sie ja nicht ganz unschuldig, mein Verehrtester. Vielen Dank der Nachfrage."

Von Lofte war ein zufriedener Kunde und ein zerstreuter Künstler. Das erleichterte die Sache.

„Das freut mich. Ich denke, das mit Ihren Finanzen haben wir wirklich hervorragend hinbekommen."

„Sie hören von mir keinerlei Einwände." Von Lofte ließ ein knappes Lachen vernehmen.

„Sehr schön. Wir sollten nun, nachdem Ihr Vermögen konsolidiert ist, den nächsten Schritt tätigen."

„Wie habe ich das zu verstehen?"

Es wurde Zeit, das Lamm zur Schlachtbank zu führen. „Wir sollten Ihren bescheidenen Reichtum nutzen, um ihn in ein großes Vermögen zu verwandeln."

„Ich verstehe nicht ganz."

„Es hat sich für ein kurzes Zeitfenster eine attraktive Investitionsmöglichkeit aufgetan, die ich selbst gedenke zu nutzen. Und ich möchte einige meiner besten Mandanten an dieser Chance teilhaben lassen", erklärte Treibach.

„Mein Lieber, lassen Sie die Katze mal aus dem Sack. Wovon sprechen Sie?"

„Aus Vertraulichkeitsgründen kann ich Ihnen im Moment nur ein paar Basisinformationen geben. Aber Sie wissen ja aus eigener Erfahrung, wie seriös ich arbeite."

„Fahren Sie doch bitte fort."

Jetzt musste die Falle zuschnappen: „Meine Partner und ich sind in die vorteilhafte Lage versetzt worden, in einem sehr angesagten Weinanbaugebiet im Ausland eine größere, mit alten Reben bestockte Fläche zu erwerben. Wir haben auch schon einen Fachmann an der Hand, der die Bewirtschaftung übernehmen soll."

„Ich hoffe, Sie möchten nicht etwa in die Massenweinproduktion einsteigen. In diesem Fall wäre ich doch sehr enttäuscht von Ihnen", sagte von Lofte.

Treibach musste jetzt genau darauf achten, was er antwortete. „Herr von Lofte. Was halten Sie nur von mir? Wir planen natürlich ein Weingut, dessen Keller nur Spitzenerzeugnisse auf den Markt bringen soll. In unseren Gesprächen haben Sie ja des Öfteren erwähnt, dass Sie eine gewisse Affinität zum Wein haben. Sie sind doch auch mit dem berühmten Kölner Kritiker Johannes Montus befreundet. Da dachte ich, dass Sie die richtige Adresse sind, um eine solche Opportunität zu unterbreiten. Was sagen Sie?"

„Grundsätzlich ist das ein reizvoller Gedanke, so ein eigenes Weingut. Allerdings sind Ihre Informationen noch überaus dürftig." Das Lamm sträubte sich.

„Das ist mir durchaus bewusst. Sollten Sie der Sache nähertreten wollen, erhalten Sie selbstverständlich ein ausführliches Exposé."

„Über was für eine Summe sprechen wir denn überhaupt?"

„Sie können mit einem Betrag von bis zu 50.000 Euro einsteigen. Und ich sage Ihnen ganz offen, das ist gut angelegtes Kapital, denn das Weingut produziert schon jetzt hervorragende Weine, die sich exzellent verkaufen. Ich rechne über die nächsten zehn Jahre mit einer Rendite zwischen fünf und acht Prozent vor Steuern. Natürlich wollen meine Partner und ich die Weinqualität stetig verbessern. Wir werden das Geld unter anderem zur Erneuerung des Kellers und zur Neupflanzung von Reben nutzen. Wäre doch schön, wenn wir in drei bis fünf Jahren einen richtigen Kultwein auf dem Markt hätten." *Und jetzt der Todesstoß*, dachte Treibach. „Bedenken Sie, woanders erhalten Sie für Ihr Geld lediglich Negativzinsen."

„Ihr Angebot hört sich zunächst nicht uninteressant an. Lassen Sie mich ein, zwei Nächte darüber schlafen. Dann werde ich mit einer finalen Antwort auf Sie zurückkommen."

„Danke. Wenn ich Folgendes aber noch sagen darf: Überlegen Sie nicht zu lange. Nur der Frühaufsteher erblickt die Morgensonne."

„Ist das etwa von Konfuzius?"

„Beileibe nein! Treibach senior!"

ANTIPASTO

Collio

Vom Spumante merkte er nichts. Sicher steuerte er seinen SUV über die schmalen Straßen der Colli Orientali, der Weinhügel Friauls. Links und rechts des Weges, der den Namen Straße nicht verdiente, wuchs üppiger Wein. Doch für die grandiose Schönheit der Landschaft hatte Karl Willkens heute keinen Nerv.

Er steuerte den Wagen Richtung San Floriano del Collio, einen kleinen Ort, der direkt an der slowenischen Grenze lag. Dort wollte er den Winzer und Olivenbauer Alessio Slataper besuchen, dem er ein Angebot machen würde, das dieser unmöglich ablehnen konnte.

Dies war das Denkmal, das Willkens sich setzen wollte. Ein großes Sektgut in Norditalien.

Doch bevor er das Gut erreichte, musste er sich wieder mit seinem Finanzier wegen des Anbaukonzepts herumschlagen.

„Ich will etwas schaffen, was die Raumland Kellerei in Deutschland schon umgesetzt hat: Nur Spitzensekte produzieren", erklärte Willkens zum hundertsten Mal.

„Und ich sage Ihnen nochmals: Ihre hehren Ziele dürfen nicht auf Kosten des Gewinns gehen."

„Schon klar. Sie denken an Prosecco. Ja, damit kann man Geld verdienen. Für etwas so Profanes bin ich aber nach wie vor nicht zu haben", entgegnete Willkens.

„Ich bitte Sie nur um Augenmaß bei den Ausgaben."

„Ich produziere nur erstklassige Sekte und sonst nichts." Seiner Meinung nach hatten sie das schon längst geklärt.

Ribolla Gialla, Malvasia, Friulano oder Schioppettino, der auch Ribolla Nera genannt wurde, waren die Zaubernamen der Rebsorten des Friauls, die Willkens Herz in Wallung brachten.

„Wir werden uns mit Winzergrößen wie Dr. Loosen oder Rothschild messen können", sagte er.

„Jetzt bleiben Sie mal auf dem Teppich."

„Ganz im Gegenteil. Man muss Vorbilder haben. Diese Winzer produzieren Wein in aller Welt. Sie werden in der Fachpresse bejubelt, weil sie exzellente Ergebnisse erzielen, unabhängig von Region und Tradition."

„Willkens, drehen Sie jetzt nicht durch. Schließen Sie den Kauf ab, über alles Weitere sprechen wir später. Auch darüber, ob wir nur Sekt produzieren wollen."

Willkens fand das alles sehr ermüdend. Er beendete das Telefonat. Ob er möglicherweise doch größenwahnsinnig war? Er kannte die Antwort. Sie lautete eindeutig: ja! *Denn nur durchgeknallte Visionäre verändern die Welt.*

Mosel

Endlich hatte er einen Winzer gefunden, der ihm Wein verkaufen wollte. Upper nahm einen Schluck von dem Riesling, den er gerade auf dem Weingut Dr. Loosen in einem wunderbar altmodischen Salon verkostete.

„Wie heißt der Wein?", fragte er.

„Erdener Prälat, Riesling, Großes Gewächs, RÉSERVE, Alte Reben", antwortete der Weinbauer.

„Mann, das ist ein echter Zungenbrecher", stellte Upper fest. Warum machten es sich die Deutschen immer so schwer mit ihren Weinbezeichnungen? In den Staaten verstand das kein Mensch. Bevor er dem Gast erklären konnte, was die lange Bezeichnung im Einzelnen bedeutete, war der Wein im Glas schon warm geworden.

„Der Name ist zwar lang, aber der Geschmack ist great. My compliments", sagte Upper.

So wie er die Gäste des ‚Per Me' kannte, würden die es bei diesem Riesling nicht bei einer Flasche belassen. In der Gastronomie musste schließlich immer auch das Betriebswirtschaftliche mitbedacht werden.

„Ich nehme zwanzig Kisten à sechs Flaschen", sagte Upper.

Nicht nur der Wein, auch der Winzer gefiel ihm. Er mochte diese halbverrückten Genies an ihren Fässern. Allerdings gab es auch Ausnahmen. Arrogante Schnösel, die meinten, sie wären der Weingott persönlich. Er hatte sich geschworen, niemals Wein von solchen motherfuckern zu kaufen.

Als er das Weingut verließ und auf dem Weg zu seinem Mietwagen war, vibrierte das Mobiltelefon. Das Display zeigte eine Nachricht an: ‚Vertrauensmann auf dem Aeroporto di Trieste-Ronchi dei Legionari gelandet. Ist auf dem Weg zum Hotel, Nähe Castello di Miramare.'

Klingt ja wie bei der Mafia, dachte Upper. *Aber zumindest kann der schon einmal das Terrain sondieren.*

Endlich funktionierte sein Plan. Der Vertreter des Investors war vor Ort und das hieß, dass er schon bald sein eigenes Weingut besitzen und den besten Merlot der Welt anbauen würde.

Da erschien noch eine zweite Nachricht: ‚Es gibt noch weitere Interessenten. Wir leiten die notwendigen Schritte ein. Ihre Anwesenheit vor Ort ist erforderlich.'

Collio

Willkens blickte über die Reihen uralter Olivenbäume und schüttelte den Kopf. *Was für eine Platzverschwendung. Für die Reben der Sektgrundweine werde ich sie raushauen.*

Er hockte in einem ungemütlichen Holzstuhl, der auf der Terrasse des Weinguts Slataper stand. Vor sich eine Flasche Friulano 2018, selbstgebackenes Weißbrot und Olivenöl aus der Produktion des Winzers.

Willkens hatte das Weingut schon zweimal besucht und sich die Qualität des Bodens und der Reben sehr genau angeschaut sowie entsprechende chemische Analysen angestoßen. Die Überprüfung des 29 Hektar großen Guts und die damit verbundenen Verhandlungen dauerten schon vierzehn Monate an. Nun ging es in die finale Preisrunde.

Zum Glück sprach der alte Slataper deutsch, den Habsburgern sei Dank. Allerdings war er kein Mann vieler Worte, was die Sache erschwerte.

Willkens redete auf ihn ein: „Wir machen Ihnen ein tolles Angebot. Wenn man bedenkt, dass die Gegend hier verarmt und die jungen Leute in die Städte ziehen. Was bleibt, ist die Einsamkeit des Alters. Sie sollten das Geld und Ihre Frau nehmen und sich für den Rest Ihres Lebens etwas gönnen. Die Schufterei hier auf dem Gut ist doch für den Arsch."

„Wie bitte?" Slataper verstand den Ausdruck nicht.

„Ihr Engagement auf dem Land ist doch sinnlos geworden", versuchte es Willkens erneut.

„Wieso?"

„Ihre beiden Töchter arbeiten, soweit ich weiß, als Stewardessen und haben kein Interesse an Wein und Oliven."

„Die eine ist Pilotin und die andere Flugzeugingenieurin."

„Tschuldigung, hatte ich anders in Erinnerung."

„Hatte ich am Telefon erwähnt."

„Klar. Ich hatte aber auch verstanden, dass beide das Weingut nicht weiterführen wollen", überging Willkens Slatapers Bemerkung.

„Ja."

„Also macht es doch Sinn, wenn Sie mir Ihr Land hier und jetzt verkaufen. Je länger Sie warten, desto weniger werden Sie bekommen."

„Gehört meiner Familie aber schon lange."

Willkens fand mal wieder, dass Slatapers Ausführungen an Kürze kaum zu unterbieten waren. „Nun ja. Und wenn wir noch 50.000 Euro drauflegen?"

Damit war das obere Limit erreicht, das sein Partner und er sich gesetzt hatten. Jetzt kam es drauf an: Denkmal oder Ruine!

„Ist wenig für Land und seine Geschichte."

„Slataper, jetzt hören Sie mal. Das Angebot ist gut, vielleicht sogar etwas zu gut für Land in dieser verlassenen Region. Sie sollten wirklich akzeptieren."

Slataper runzelte die Stirn, ohne Willkens anzusehen. Er schien nachzudenken.

„Kann ich machen", sagte er nach einer gefühlten Ewigkeit.

Willkens traute seinen Ohren nicht. War das ein Ja zu seinem Angebot? Eine Antwort auf diese Frage erhielt er nicht mehr. Ein Projektil durchschlug seine Stirn und machte jeden weiteren Gedanken hinfällig.

*

Slataper sah das Loch in Willkens Stirn, sah, wie Willkens mitsamt dem Stuhl umkippte. Er verzog keine Miene, wandte sich ab und schaute in die Richtung, aus der geschossen worden war. Er war nicht überrascht, als er den Schützen zwischen den uralten Olivenbäumen ausmachen konnte. Er dachte daran, dass ein Leben in Rom mit seiner Frau wohl ein Traum bleiben würde. Er sagte in seiner Muttersprache: „Gott, dann nimm halt." Dann traf ihn das zweite Projektil.

*

Er saß, wie jeden Morgen nach dem Frühstück, am hauseigenen Pool der Casa Ribolla mit Blick auf die Weinberge, rauchte eine Montecristo No. 2 und trank dazu einen Cappuccino, wie er nur in Italien gemacht wurde.

Es hatte in diesem Sommer noch nicht viel geregnet und er beobachtete, wie die Winzer auf den umliegenden Hügeln mit Sorge ihre Weinstöcke kontrollierten.

Nur Mino konnte Johannes nirgendwo ausmachen.

Wo treibt sich der Kerl bloß rum?, dachte er. *Schließlich ist sein Rotwein, der Schioppettino, eine Klasse für sich. Wäre sehr schade, wenn der aktuelle Jahrgang dem Klimawandel und Minos Schlendrian zum Opfer fallen würde.*

Dora drehte währenddessen einige Runden im Pool. Fitness sei in ihrem Beruf ein hohes Gut, sagte sie.

Johannes vermutete dagegen, dass Dora das Menü von gestern Abend, das sie in der Trattoria da Marco zu sich genommen hatten, abzutrainieren gedachte. Nach verschiedenen klassischen Vorspeisen der Region hatte es Roastbeef, am Stück gebraten, gegeben. Eine Portion Fleisch war nicht unter einem Kilogramm zu haben. Für zwei

Personen eine echte Herausforderung.

Das Resultat dieser Völlerei war nun Doras Kampf gegen die Pfunde und mit der Brustprothese, die beim Kraulen ständig verrutschte.

Aktuell stand sie im Wasser und sortierte ihre linke Brust, die der Achsel verdächtig nahegekommen war.

„Kann ich dir irgendwie behilflich sein?", fragte Johannes zwischen zwei Zügen.

„Du kannst mich mal", erwiderte Dora. „Ich brauche dringend einen neuen Badeanzug. Der hier ist viel zu labbrig."

„Ich dachte, nach dem Essen gestern bist du ganz froh, dass dein Schwimmdress nicht so eng sitzt."

„Du Scheusal. Außerdem bist du schuld, wenn ich zu dick werde. Ab sofort werden alle abendlichen Dinner gestrichen. Der Wein organbedingt sowieso. Ansonsten muss ich deine Leiche nach Deutschland überführen. Du kannst dir gar nicht vorstellen, was das an Bürokratie bedeutet."

„Sprich ruhig frei von der Leber weg. So schnell platzt die meinige ganz sicher nicht. Mein Familiengeschlecht ist zäh bis zur Widerborstigkeit."

„Hab' ich gemerkt. Aber auch Weintrinker segnen, wenn auch gut mariniert, irgendwann das Zeitliche."

„Aber du weißt, dass sich spirituell von Spirituosen ableitet. Ich habe also von konfessioneller Seite nichts zu befürchten."

Bevor Dora verhindern konnte, dass Johannes in dieser Diskussion das letzte Wort hatte, kam Mino mit versteinerter Miene auf Johannes zugestürmt.

„Karl Willkens ist tot!"

„Wie bitte?", entfuhr es Johannes.

„Und mein guter Freund und Winzerkollege, Alessio Slataper, auch."

„Hatten sie einen Unfall?", fragte Dora, während sie aus dem Pool stieg und sich triefend den Männern näherte.

„Gestern Nacht hat mich Alessios Frau Maria angerufen", berichtete Mino. „Sie kam von einer Freundin zurück und hat beide tot auf der Veranda vorgefunden. Erschossen."

Johannes war fassungslos. „Mein Gott. Ein Typ, wie Willkens wäre bestimmt hundert Jahre alt geworden."

Doras Blick bohrte sich in Minos Augen. „Weiß man, warum?", fragte sie. „Ich meine, war es ein Überfall, Raubmord, fehlgeschlagener Einbruch?"

„Nein. Sowohl die Polizia di Stato als auch die Carabinieri gehen von einem Auftragsmord aus."

„Wie bitte?", sagten Johannes und Dora zeitgleich.

„Zwei gezielte Schüsse aus größerer Entfernung in den Kopf. Da war ein Profi am Werk." Mino tippte sich an die Stirn.

Johannes schüttelte den Kopf. „Das ist ja unvorstellbar." Er dachte nach. Ihm fiel ein Zeitungsartikel ein, den er gelesen hatte. Er beschrieb gewaltsame Auseinandersetzungen um Rebland in diversen Weinanbauregionen. Gute Weinberge waren rar und der Klimawandel verringerte die Nutzfläche weiter. Erst kürzlich war die Weinernte einer ganzen Parzelle in Frankreich in einer Nacht- und Nebelaktion gestohlen worden. Waren solche Auseinandersetzungen hier im Friaul auch denkbar? Es war ein Schuss ins Blaue, aber er sagte: „Vielleicht war es die Mafia."

„Bei bestellten Morden ist das anzunehmen", bestätigte Mino.

Nur Dora kräuselte die Stirn. Wie Johannes wusste, ein sicheres Zeichen dafür, dass sie sich mit dieser Erklärung nicht zufriedengab.

„Weshalb hatten sich die beiden getroffen?", hakte sie nach.

„Ist doch klar." Mino blickte über die Weinberge. „Die haben sich über Spumante unterhalten."

„Richtig. Willkens kam ja deswegen nach Italien", sagte Johannes.

„Ein deutscher und ein italienischer Winzer treffen sich, um über die Sekterzeugung zu sprechen und zusammen etwas Spumante zu probieren. Und dann werden sie von einem Profikiller getötet. Das hört sich für mich doch ziemlich abwegig an. Hat dir Willkens oder dein Freund Alessio irgendetwas gesagt, das ihren Tod in einem anderen Licht erscheinen lassen könnte?", fragte Dora. Sie rückte genervt ihre Brustprothese zurecht. Aber ihr kriminalistischer Instinkt war hellwach.

Mino dachte nach, dann meinte er: „Alessio war siebzig Jahre alt. Seine Töchter haben kein Interesse am Weingut. Wir haben oft darüber gesprochen, dass er seinen Grund und Boden verkaufen könnte, um nach Rom, der Heimatstadt seiner Frau, zu ziehen. Hier treiben sich amerikanische und chinesische Investoren herum, die Land kaufen wollen. Bei mir war auch schon ein Ami."

„Vielleicht ist ein Streit zwischen den beiden Interessengruppen entbrannt, der zum Mord an deinem Freund geführt hat", sagte Dora.

„Keine Ahnung. Vielleicht mit Beteiligung der Mafia. Ich bin kein Detektiv." Mino zuckte mit den Schultern.

„Dora ist bei der Polizei", sagte Johannes. „Und ich habe auch schon einige Erfahrung mit Killern. Vielleicht können wir uns hier bei den Winzern, die ich für meinen Bericht besuchen will, ein wenig umhören. Was meinst du, Schatz?"

Kost verdrehte die Augen. „In diesem Fall sollten die italienischen Behörden recherchieren. Wir sind lediglich Gäste in diesem Land. Es steht uns nicht zu, bei den Ermittlungen mitzumischen."

„Für meinen Bericht wäre es aber durchaus interessant, ob ausländische Investoren italienische Betriebe in Norditalien aufkaufen. Zumindest das sollten wir überprüfen." Johannes war Feuer und Flamme.

„Ihr würdet mir einen sehr großen Gefallen tun, wirklich!", ergänzte Mino. „Alessio war ein richtig guter Kumpel. Die Verantwortlichen müssen gefasst werden."

„Na gut. Fragen kostet ja nichts", sagte Kost. „Aber bedenkt bitte:
Wer sich in Gefahr begibt, kann sich später nicht dummdreist
herausreden."

*

Sie saßen in einer Weinbar in Vencò, tranken einen Pinot Grigio
von Livon und diskutierten die Konsequenzen; für sich, ihre Familie und ihre Unternehmungen. Sie waren sich, wie so häufig, nicht
einig.

„Was sollen wir jetzt machen?", fragte Christian. Die fünf Einheimischen, die sich an den anderen Tischen verteilten, sah er nicht.
Dafür schenkte er seinem Bruder und sich von dem Wein nach. Er
spürte, dass der Alkohol wirkte.

„Wir müssen das Weingut verkaufen", sagte Kurt. „Etwas anderes
kommt nicht in Frage."

„Das ist unser Erbe." Christian blickte vom Glas auf.

„Na und?"

„Damit geht man respektvoll um."

„So respektvoll, wie Vater mit uns umgegangen ist?" Kurt lachte
kurz auf.

„Mutter hat da auch ein Wörtchen mitzureden", sagte Christian.

„Die tut, was wir vorschlagen."

Christian überlegte. „Wir sollten erst einmal weitermachen, als
wäre nichts geschehen."

„Wieso?"

„Das sähe doch komisch aus, wenn wir kurz nach Vaters Tod sein

Erbe verscheuern würden."

Kurt runzelte die Stirn. „Da ist was dran."

Christian leerte sein Glas. Er sah seinem Bruder in die Augen und sagte: „Ich würde vorschlagen, dass wir so schnell wie möglich nach Hause fliegen. Unser Aufenthalt im Friaul könnte sonst verdächtig wirken."

Mosel

Im Hotel zurück, schaltete er den Laptop ein. Drei E-Mails, eine ohne erkennbaren Absender, die er als erste anklickte. *Verkäufer ist tot. Ein Treffen zwischen Ihnen und unserem Prokuristen ist zwingend erforderlich. Flugticket in Anlage. Treffpunkt, morgen 12 Uhr, Bar Nanut, Triest. Unser Mann hat die aktuelle Ausgabe der New York Times dabei.*

Das sah nicht gut aus. In Italien war etwas schiefgegangen oder gehörte Slatapers Tod etwa zum Plan?

Wäre das nun gut oder schlecht für seine Kaufabsichten? Welche Rolle nahmen seine Partner in diesem game ein? Sie planten ohne ihn. Sie bestimmten seinen Reiseplan.

Hielt er überhaupt irgendwelche Fäden in der Hand?

Und noch eine andere Sache entwickelte sich in diesem Zusammenhang dämlich. Er hatte als Sommelier des ‚Per Me' immer noch eine Aufgabe zu erfüllen. Er brauchte noch Riesling für das Restaurant. Wie konnte er unter diesen Voraussetzungen Deutschland verlassen?

Kurz entschlossen griff er zum deutschen Weinguide. Die Weingüter Johann Josef Prüm und Schloss Lieser waren darin hervorragend bewertet worden. Diesmal müsste es halt ohne Verkostung gehen. Er würde dort anrufen und jeweils sechzig Flaschen ordern.

Sein Chef würde nie erfahren, dass er die Weine nicht vor Ort verkostet hatte. Und wenn doch, dann hatte er halt die Grippe gehabt. Die knockte die beste Sommelier-Nase aus.

Collio

Sie befanden sich im wunderschönen Capriva. Aber nicht, um die Landschaft zu bewundern. Vielmehr folgte Johannes seiner Spürnase. Er wollte einen der besten Friulano-Weine der Region verkosten.

„Johannes, du musst weniger trinken. Denk jetzt endlich mal an deine Blutwerte." Das war wahrscheinlich nicht das letzte Mal, dass Dora dieses Thema anschnitt.

„Du nervst. Ich bin Weinkritiker und nicht Wassersommelier."

„Wasser ist sehr gesund. Besitzt viele Mineralien." Dora wedelte mit dem Zeigefinger.

„Wein ist gut für Herz und Kreislauf. Und er regt die Verdauung an."

„Ich weiß. Bis hin zum Durchfall."

„Oh Gott, Dora." Jetzt brauchte Johannes was zu trinken. Er steuerte den Wagen auf das Gelände eines stattlichen Anwesens, das der Schiopetto-Familie gehörte. Er stellte das Auto ab und gemeinsam machten sie sich auf die Suche nach dem Verkostungsraum.

Zweimal umrundeten sie die imposanten Gebäude ohne eine Menschenseele zu treffen, geschweige denn so etwas wie eine Probierstube zu entdecken. In seiner Not klopfte Johannes an das erstbeste Tor. Es schien zu einem Kelterraum zu gehören.

Nach ewigen drei Minuten öffnete eine schmale Gestalt im grünen Overall. Sie nuschelte: „Do you have an appointment?"

Kein Italienisch, dachte Johannes. Ihm wurde bewusst, dass Dora und er das Klischee der typischen Touristen erfüllten, Poloshirt, Sonnenbrille und eine Haut wie Weißbrot.

Wenn das so ist, kann ich auch meine Muttersprache benutzen, dachte er. „Wir haben uns angemeldet. 11:30 Uhr am heutigen Tag. Mein Name ist Johannes Montus."

„In Ordnung", erwiderte der Mann nun auch auf Deutsch. „Ich checke. Probe kostet 18 Euro pro Person, ich habe 15 Minuten Zeit und Sie können fünf Weine testen."

Johannes wandte sich an Dora: „Merkwürdige Sitten hier. Das habe ich woanders noch nicht erlebt. Hast du 36 Euro in deiner Tasche?"

„Herrgott im Himmel!", rief Dora. „Jetzt soll ich auch noch deinen Leberschaden finanzieren. Das ist ein starkes Stück. Hier hast du einen Fünfziger." Sie fischte den Schein aus ihrer Jeanstasche.

Johannes nahm ihn in gespielter Demut an, wedelte damit vor dem Gesicht des Mannes im Overall und sagte: „Zwei Personen, macht zwei mal fünf Weine. Ich würde also gerne zehn Ihrer Weine probieren."

Knurrend ließ der Mann sie ein und führte sie zu einer Treppe, die in einen großzügigen Verkostungsraum im ersten Stock führte.

„Ich bringe die Weine", sagte er und verschwand.

„Sehr edel hier", sagte Dora. „Wenn du dich schon umbringst, dann zumindest mit Stil."

„Jetzt sei mal friedlich, mein Schatz. Ich verspreche dir hoch und heilig, dass ich nach diesem Trip zwei Monate kein Glas Wein mehr anrühren werde. Pfadfinderehrenwort."

„Erstens, du warst meines Wissens nie Pfadfinder und zweitens, was ist mit Cognac, Whisky und den anderen harten Sachen?"

„Die natürlich auch. Und Pfadfinder war ich im Herzen. Indianerromane waren meine Lieblingslektüre als Jugendlicher."

„Au Backe! Du kannst ganz schön dreist flunkern."

Weiter kam Dora nicht, da der grüne Overall wiederkehrte und neben ein paar Flaschen im Arm noch einen weiteren Gast mitbrachte.

Dieser stellte sich ihnen ohne viel Aufhebens vor. „Mario Cardinale. Sehr erfreut. Als ich hereinkam, habe ich Sie miteinander sprechen hören. Sie kommen aus Österreich?"

Johannes verdrehte die Augen. „Aus Deutschland. Dies ist Frau Dorothea Kost und mein Name ist Johannes Montus. Ebenfalls sehr erfreut."

„Ausgezeichnet." Cardinale lachte breit. „Meine Mutter ist Münchnerin." Er zog die Augenbrauen hoch. „Na dann lassen Sie uns mal die edlen Tropfen genießen."

Gesagt, getan. Nacheinander degustierten Johannes und Cardinale einen Blanc des Rosis, einen Pinot Grigio, einen Pinot Bianco, einen Malvasia und einen Friulano.

Beide schwelgten in Beschreibungen und Vergleichen.

Montus rief: „Sehr blumig."

„Mit Noten von Bergamotte, Leder und Zitrusfrüchten", ergänzte Cardinale.

„Eher Orange", sagte Montus.

Das finale Urteil fiel einstimmig wohlwollend aus. Die verbale Bandbreite ging von erhaben über großartig bis zu genial. Dora stand nüchtern daneben. Johannes hatte sie zur Chauffeurin befördert.

Nach den Weißweinen bestand Cardinale darauf, noch einige Rotweine zu verkösten. Also ran an den Rivarossa aus Merlot und Cabernet Sauvignon und den Podere die Blumeri aus Merlot und Refosco dal Peduncolo Rosso.

Das Spiel wiederholte sich. Johannes bemerkte sehr wohl, dass seine Freundin das Gesicht verzog, weil er zum einen nur die wenigsten Schlucke wieder ausspuckte und sie zum anderen anfing, sich zu langweilen.

Auch Cardinale ließ nichts verkommen. „Die friulanischen Weißen sind super. Aber auch die hiesigen Merlots reichen allmählich an die Bordeaux-Weine heran. Was meinen Sie?"

„Überraschend gefällig. Gefallen mir", entgegnete Johannes. Das war wenig geistreich. *Vielleicht doch ein Schluck zuviel?*, dachte er

„Sind Sie auch einer der Ausländer, die hier Land erwerben wollen?", fragte Cardinale unvermittelt.

„Wieso? Gibt es so großes Interesse an der Region?" Johannes sah, wie Dora die Ohren spitzte.

„Oh ja. Insbesondere die Chinesen wissen nicht, wohin mit ihrem Geld. Außerdem bauen die Chinesen inzwischen sehr viel Wein im eigenen Land an. Dafür braucht man natürlich entsprechendes Fachwissen. Neben der Beschäftigung europäischer Experten holen sie sich durch den Erwerb von traditionellen, europäischen Betrieben zusätzliches Know-how hinsichtlich Rebenpflege, Kellertechnik und so weiter ins Haus. Clevere Taktik, wenn Sie mich fragen."

„Sind nur die Chinesen auf Einkaufstour in Europa?", fragte Dora.

„Nein, auch die Amerikaner schauen sich um. Man sagt, dass erst kürzlich ein großer friulanischer Betrieb eine amerikanische Versicherung als stillen Teilhaber bekommen hat. Wenn Versicherungen und Banken Weingüter kaufen, spielt auch Prestige eine Rolle. Eine große deutsche Versicherung hat meines Wissens ein Weingut in der Toskana."

„Meinen Sie, dieser Trend hält an?", fragte Johannes.

„Ich persönlich sehe das so. Durch Klimawandel und Geldschwemme werden die nördlichen Regionen Italiens für Investoren immer interessanter. Die Nachfrage wird also eher steigen. Ich habe sogar gehört, dass Österreicher und Franzosen an ein paar Hektar im Karst bei Triest interessiert sind. Noch letztes Jahr war es für mich unvorstellbar, dass sich Winzer aus aller Welt für diese unwirtliche Gegend erwärmen könnten. Ist schon eine verrückte Welt."

„Bis die Blase platzt", warf Dora ein.

„Vielleicht. Wenn ich das richtig sehe, gehören Sie aber nicht zu dieser Art Weinliebhabern?" Cardinale sah Dora und Johannes an.

„Das ist richtig. Ich bin Restaurant- und Weinkritiker und schreibe für einen deutschen Verlag", sagte Johannes.

„Dann sind wir ja Kollegen", rief Cardinale. „Ich schreibe für einen regionalen Weinführer und teste mich gerade durch den aktuellen Jahrgang. Darauf müssen wir noch einen trinken."

Dora seufzte vernehmlich.

Cardinale erklärte dem Mann im Overall auf Italienisch, wem er da gerade Wein ausschenkte.

Dieser entschuldigte sich mit großen Gesten und in fehlerfreiem Deutsch: „Ich dachte, Sie gehören zu diesen Touristen, die sich auf Kosten der Winzer besaufen. Für Sie ist die Probe natürlich kostenfrei. Außerdem möchte ich Ihnen noch unseren Mario Schiopetto empfehlen. Wir nennen ihn Il Mario. Und das wird Ihnen gefallen: Er besteht aus Friulano und Riesling."

Dora verdrehte die Augen. „Wenn du noch mehr trinkst, läufst du nach Hause."

Selbstredend, dass diese Drohung ins Leere ging.

*

Der Tod seines Freundes Slataper traf ihn schwer. Die Gemeinschaft der alt eingesessenen friulanischen Winzer war um einen ihrer ältesten Vertreter ärmer geworden.

Mino Urban saß auf den Loungemöbeln vor seinem Restaurant. Hier wurde seinen neu eingetroffenen Gästen üblicherweise ein Glas Ribolla Gialla Spumante gereicht.

„Du siehst traurig aus", sagte seine Frau, die neben ihm saß. Sie nippte an einer Tasse Cappuccino.

Mino Urban runzelte die Stirn. Er dachte an die Geschichte ihres Weinguts. „Wir haben Jahre gebraucht, die alten autochthonen Rebsorten in unseren Weinbergen wieder heimisch zu machen. Und noch weitere Jahre, um daraus einen eigenständigen Sekt zu produzieren."

„Ja, und das ist uns gut gelungen. Schließlich gehörten wir zu den Top 3 Produzenten im Friaul." Seine Frau versuchte ihn aufzumuntern, doch auch diese Tatsache konnte seine Trauer und Zukunftsangst nicht mindern.

Mino Urban leerte das Glas alten Grappa, den noch sein Vater für die nachfolgende Generation produziert hatte. Für Spumante waren die Zeiten eindeutig zu traurig.

„Ich denke an unsere Vergangenheit und an das, was wir erreicht haben", sagte er. „Bald könnten wir alles verlieren."

„Das Leben im Friaul ist noch nie einfach gewesen. Dein Vater war Landwirt, der ein paar Weinstöcke für den Eigenbedarf besaß. Ansonsten Vieh und etwas Ackerbau. Mit zweiundzwanzig hast du begonnen, die Weinproduktion auszuweiten. Besonders der Schioppettino ist dir immer wichtig gewesen. Du hast dir nichts vorzuwerfen."

„Später habe ich die Gaststätte eingerichtet. Erst war Mama und später du für die Zubereitung der regionalen Spezialitäten verantwortlich. Schade, dass Papa da schon tot war."

„Dann haben wir zehn Zimmer im umgebauten Stall untergebracht und den Pool angelegt. Wir haben ein gutes Leben."

Das stimmte. Er sollte zu schätzen wissen, was sie im Hier und Jetzt hatten. Sie konnten sich über Wasser halten und führten die Tradition weiter. Sie besaßen Wurzeln und fruchtbares Land. Abgesehen davon betrachtete er die Entwicklung in seiner Heimat kritisch. Viele junge Leute verließen das Friaul, um anderswo besser bezahlte Arbeit zu finden.

Er lächelte grimmig. „Jetzt kommen die Österreicher zurück und kaufen Grundstück um Grundstück für ihre Ferienhäuser."

„Ein großer Teil Norditaliens gehörte denen einmal. Was will man machen?"

„Sie holen sich ihre Ländereien zurück."

„Und die Amerikaner und Chinesen wollen ebenso unser Land. Es hat an Wert gewonnen."

„Vergiss die Mafia nicht, die in Süditalien einen immer schwereren Stand hat." Urban war nicht klar, wohin das führen sollte. Es verhieß zumindest nichts Gutes.

Aber bei einer Sache war er sich absolut sicher: Nur das Volk, das seine eigenen Weine und Speisen schätzt, ist bei sich selbst.

Karst

Sie hatte es kommen sehen. Johannes konnte einfach nicht glauben, dass es Österreicher oder Franzosen gab, die im Karst Land erwerben wollten. Deshalb fuhr Dora ihren Freund von Capriva aus spontan in den Karst, zu dem Winzer Zidarich.

Zidarichs Weingut war traumhaft gelegen. Der Blick von der Terrasse über den Karst reichte bei guter Sicht bis hinunter zum Meer. Zidarichs Osmiza, eine Art Bauernschänke, war für einige Wochen geöffnet, und viele einheimische Gäste tummelten sich an den Holztischen.

Sein Spitzenrotwein Ruje, ein Verschnitt aus Terrano und Merlot, stellte sich als sensationell heraus. Zumindest für Johannes. Kost musste ja fahren.

Um Mario Cardinales Behauptung nachzugehen, fragte sich Johannes mit seinem gebrochenen Italienisch und einem vollen Glas Rotwein durch die Reihen meist älterer Mannsbilder. Kost wartete derweil an ihrem Tisch auf der Terrasse und genoss den zarten rohen Schinken des Hauses.

„Alles Blödsinn, meinen die hiesigen Ureinwohner", sagte Johannes, als er wieder an Kosts Tisch Platz nahm.

„Also ist an Cardinales Vermutungen nichts dran?"

„Zumindest hier hat keiner was von österreichischen oder französischen Investoren gehört. Der Weinanbau im Karst sei nur etwas für verrückte Einzelgänger, die bereit sind, große Löcher in den Stein zu sprengen, um dort ihre Weinfässer zu lagern."

„Ist das deiner Ansicht nach repräsentativ?"

„Schwer zu sagen. Mitteilsam sind die Menschen hier, insbesondere, wenn sie ein paar Gläser getrunken haben. Aber wie sie mit vertraulichen Informationen gegenüber Fremden umgehen, ist schwer zu beurteilen. Das solltest du als Kriminalistin ja wissen."

„Ganz Recht. Also außer Spesen keine reiseberichts-relevanten Fakten." Kost biss in ein Stück Käse, um zu signalisieren, dass sie sich jetzt wieder den Speisen zuwenden wollte.

„Nun ja. Es gibt wohl eine Ausnahme, was die Sprengungen angeht." Johannes griente.

„Lass mal hören", sagte Kost mit vollem Mund.

„Nicht alle Winzer im Karst mussten Dynamit verwenden, um einen Weinkeller zu besitzen. Zidarich soll unter seinem Haus eine Grotte gefunden haben. Er musste nur die Erde rausholen und schon hatte er den schönsten Weinkeller, den man sich vorstellen kann. Interessant ist, dass ihn keiner besichtigen darf. Das wird hier zumindest erzählt. Ich vermute allerdings, dass diese Geschichte ins Reich der Legenden gehört. Die Bauzeit des Kellers soll laut Zidarichs Internetseite acht Jahre betragen haben. Und es war vermutlich doch Sprengstoff mit im Spiel."

„Sehr schade. Wenn ich schon keinen Wein trinken darf, hätte ich im Gegenzug doch gerne einmal etwas Hübsches gesehen."

„Wieso das? Du siehst doch mich!", rief Johannes.

„Du bist nicht hübsch", gab Kost zurück.

„Aber ansehnlich."

Zu dieser Bemerkung fiel Kost nichts mehr ein.

PRIMO PIATTO

Odenthal

Ihnen stand ein großartiges Essen im ‚Chez Frères' bevor. Schon die Menükarte las sich wie ein Versprechen auf einen herrlichen Abend.

Von Lofte freute sich auf das Otoro vom Thunfisch in dreierlei Variationen, das Filet vom Loup de mer auf einem Salat von Artischocken, Ofentomaten und Bohnenkernen und das Filet vom bergischen Weiderind unter der Kräuterkruste mit Pilzen, Rotweinschalottenbutter und einer Kräuterpolenta.

Worauf sich von Lofte nicht freute, war die Diskussion mit Paula über die geplante Investition in ein italienisches Weingut. Treibachs Exposé sah gut aus. Überschaubare Investition, gute Erträge, hohe Gewinnchancen mit einem klar definierten Plan. Ihm gefiel die Idee, Weingutsbesitzer zu sein. Johannes würde garantiert neidisch werden. Jetzt musste er nur noch Paula von der Idee überzeugen. Seine Strategie sollte darin bestehen, bis zum Dessert zu warten, um dann das heikle Thema anzuschneiden.

Aber schon beim Genuss des Grußes aus der Küche zitterten von Lofte die Hände. Gleichzeitig sah er sich nicht in der Lage, mit Paula bis zum Dessert ein unverfängliches Gespräch zu führen. Er musste seinen Plan ändern.

Zuerst einmal bestellte er beim Sommelier einen Cervaro della Sala, einen italienischen Weißwein.

Nachdem sie sich zugeprostet hatten, sagte von Lofte: „Die Italiener verstehen Sekt und Wein zu machen. Findest du nicht auch, Liebling?" Dabei sah er das Glas liebevoll an.

„Johannes sagt immer, in jedem Land wird guter wie schlechter Wein produziert. Italien ist da ganz sicher keine Ausnahme. Der hier ist aber lecker", erwiderte Paula.

„Du musst aber zugeben, dass das alte Europa seine Vorzüge gegenüber der neuen Welt hat", versuchte es von Lofte erneut.

„Also bei Schuhen gebe ich dir uneingeschränkt Recht. Die können nur die Italiener. Ansonsten kann ich dazu nichts sagen. Ich bin keine Weinexpertin."

„Ich meine ja nur, dass das hier ein exzellenter Wein ist und wir das gebührend würdigen sollten." Von Lofte fühlte sich unbeholfen. Paula sprang nicht so recht auf seine Strategie an.

„Schmeckt super!" Paula tätschelte ihm die Hand. „Aber hoffentlich kommt gleich der Thunfisch. Ich habe echt Hunger. Eine Nachtschicht im Krankenhaus ist der natürliche Feind des Essens. Ich konnte heute nur ein trockenes Brötchen zu mir nehmen."

Verdammt, sie wechselte das Thema. „Das tut mir leid. Ich möchte übrigens ein Weingut im Friaul kaufen."

Paula reagierte nicht, wie von Lofte erwartet hatte. Er hatte mit einer spitzen Bemerkung gerechnet. Stattdessen lachte sie laut auf. „Maximilian, ich habe bisher noch gar nicht gewusst, dass du so komisch sein kannst."

„Ähm, das ist kein Witz", stotterte von Lofte.

Paula sah ihn ungläubig an. Das Lachen war ihr vergangen. Dann sagte sie: „Du bist doch total irre!"

Nachdem sich seine Freundin ein wenig abgeregt hatte – Bemerkungen wie ‚bekloppter Fantast', ‚grenzdebiler Vollpfosten' und ‚lebenslange Sicherheitsverwahrung' waren noch die harmloseren – erläuterte von Lofte das Konzept, das er Treibachs Exposé entnommen hatte.

Paula hörte wie erstarrt zu. Danach hatte er den Eindruck, dass sie mit ernsthaften Argumenten zumindest versuchte, auf seine Pläne einzugehen.

Sie sprach die finanzielle Belastung an, also den Umstand, dass er sich sehr viel Geld bei der Bank leihen müsste. Daneben wies sie auf unkalkulierbare Klimaereignisse hin, die die Weinproduktion und damit auch die erwartete Rendite gefährdeten. Zum Schluss äußerte sie noch eine Idee: „Dora und Johannes sind doch gerade im Friaul. Ruf deinen Freund an und bitte ihn, sich das Weingut einmal anzuschauen. Vielleicht kann er mit dem Besitzer sprechen. Slataper, richtig? Du solltest vor einer derart wichtigen Entscheidung so viele Informationen wie möglich einholen. Ich würde nicht nur deinem Steuerberater vertrauen. Du weißt doch: Unwissenheit ist die Abwesenheit von Engagement."

„Du schon wieder mit deinen philosophischen Weisheiten." Aber sie hatte natürlich recht. Er würde Johannes morgen früh kontaktieren.

Collio

Ihr Mobiltelefon vibrierte.

Sie kam gerade von ihrer morgendlichen Ertüchtigung im Pool und trocknete sich mit einem Handtuch die Haare. Auf dem Display ihres Handys erkannte sie Dieter Schmitz Nummer.

„Guten Morgen, mein neurotischer Ex. Ich hoffe, es ist wichtig. Ich befinde mich im Urlaub."

Schmitz schnaubte. „Verdammt, Dora! Ich rufe nicht an, um mich mal wieder von dir beleidigen zu lassen."

„Tatsächlich! Mir fallen aber keine Gründe ein, weshalb du sonst anrufen solltest."

„Du Blödfrau."

Kost überhörte das. „Verbringst du nicht ein paar wunderbare Tage bei Elke in Münster? Wie geht es der Professorin? Hast du ihr übrigens schon die Zwangsneurosen gebeichtet?"

Kost und Schmitz hatten Elke Franz im Rahmen ihrer letzten privaten Ermittlungen im Fall des Plonk-Club-Killers kennengelernt. Schmitz und Franz waren sich danach nähergekommen.

„Man fällt doch nicht mit der Tür ins Haus", antwortete Schmitz. Kost bemerkte, dass ihm die Frage unangenehm war. Dennoch ergänzte er: „Elke ist allerdings nicht auf den Kopf gefallen. Ich vermute, sie ahnt was."

„Wenn sie dann bei dir bleibt, ist es wirklich Liebe", sagte Kost. Sie fand Gefallen daran, ihren Exfreund zu quälen.

„Fuck! Lass den Quatsch. Ich melde mich wegen eines Zeitungsartikels, den ich gerade gelesen habe."

„Du scheinst ja nicht viel Vertrauen in eure Beziehung zu haben, wenn du schon wieder Kontaktanzeigen liest", sagte Kost.

„Sehr witzig! Ich kringle mich vor Lachen. Es ist ein Artikel über einen Mord im Friaul, ganz in eurer Nähe. Angeblich ein Auftragsmord der Mafia an einem deutschen und einem italienischen Winzer. Das könnte für mich interessant sein."

„Wieso das?"

„Ich hänge zurzeit nur rum. Ein neues, reißerisches Thema für eine Hintergrundreportage wäre nicht übel."

„Und da rufst du deine Verflossene an, die sich im Urlaub befindet."

„Du könntest dich doch mal umhören. Wenn die Mafia ihre Hände im Spiel hat, hätte ich einen super Aufhänger. Ich wollte schon länger was zu deren Aktivitäten in Deutschland schreiben. Die Story wäre ein guter Einstieg ins Thema. Schließlich ist einer der Toten ein Landsmann."

„Ich bin mir nicht sicher, ob die Mafia in diesem Fall wirklich mit von der Partie ist. Außerdem bin ich im *Urlaub*. Ich mache da doch nicht deine Arbeit."

„Das hört sich so an, als ob du schon ein wenig nachgeforscht hättest. Habe ich recht?" Dieter kannte sie einfach zu gut. „Und sollte was Konkretes dabei rauskommen, ruf mich an. Ich fliege dann selbst nach Italien, um weiterzuschnüffeln."

Sie hörte seinen Tatendrang und fragte: „Was sagt Elke dazu?"

„Verdammt, die möchte doch sicher keinen arbeitslosen Journalisten an ihrer Seite."

„Stimmt! Das könnte auch ich gegenüber Elke nicht verantworten. Ich melde mich, wenn ich was Spannendes höre. Mach dir aber nicht allzu viele Hoffnungen."

„Hey, du kennst mich doch."

„Das ist ja mein Problem."

Kaum hatte sie das Gespräch mit Dieter beendet, betrat Johannes das Zimmer. „Ich habe gerade mit Maximilian telefoniert. Du wirst nicht glauben, was er mir erzählt hat."

„In Bezug auf Maximilian habe ich aufgehört, mich über irgendetwas zu wundern", antwortete Dora.

„Nun denn. Slatapers Weingut steht tatsächlich zum Verkauf."

„Mino deutete ja so etwas an."

„Richtig. Und Maximilian will es kaufen."

„Wie bitte?", rief Dora.

„Na, nicht zu einhundert Prozent. Der Treibach hat ihm angeboten, mit bis zu 50.000 Euro einzusteigen."

„Das ist sein Steuerberater, richtig?"

„Genau. Und rate mal, wer die Kaufverhandlungen hier im Friaul führen sollte."

„Karl Willkens."

„Treffer versenkt. Willkens sollte auch die wirtschaftliche Verantwortung für das Weingut übertragen werden. Das geht aus einem Exposé hervor, das Maximilian von Treibach bekommen hat. Treibach selbst agiert nur im Hintergrund."

„Hast du Maximilian gesagt, dass Slataper und Willkens tot sind?"

„Natürlich", erwiderte Johannes. „Seine Investition wird er wohl noch mal überdenken müssen."

„Das sollte er tatsächlich. Aber so langsam werden diese Morde hoch spannend. Unglaublich, dass der Herr von Lofte mal wieder darin verstrickt ist."

„Übertreib nicht", sagte Johannes.

„Doch, doch! Der zieht Mordfälle an, wie diese alten Honigfliegenfänger Insekten."

„Verenden die Insekten nicht qualvoll an diesen Klebedingern?"

„In der Tat."

Bergisch Gladbach

Treibach stand vor dem Spiegel im Flur seiner Kanzlei und rückte seine Seidenkrawatte zurecht. Er war mit einem Mandanten zum Lunch verabredet. Sein Outfit drückte Seriosität und Selbstbewusstsein aus. Seine ganze Erscheinung war die eines Gentlemans.

Sein Smartphone kündigte eine neue E-mail an. Er lächelte sich noch einmal gewinnbringend zu, zog das Handy aus der Hosentasche und rief die Nachricht auf.

„Das gibt's doch nicht", sagte er zu seinem Spiegelbild.

Willkens und Slataper waren tot.

Das war nicht optimal. Sein Plan, mit Hilfe des Moselwinzers, Slatapers Weingut zu erwerben, ohne dass er persönlich in Erscheinung treten musste, war grandios gescheitert.

Willkens hätte den Kauf als Handlungsbevollmächtigter tätigen sollen, mit ihm als Finanzier im Hintergrund. Danach hätte Willkens das Weingut auf Vordermann gebracht, inklusive werbewirksamer Präsentation neuer Spumante. Die Sekte von Ferrari oder Ca' Del Bosco hatten ihn auf diese Idee gebracht. Die globale Vermarktung italienischer Spitzenschaumweine war das eigentliche Ziel. Zwei bis fünf Jahre Entwicklungszeit hatte er dafür kalkuliert, um dann den modernisierten Betrieb an eine finanzstarke Private Equity Firma, Versicherung oder Bank zu verkaufen. Renditeerwartung 100 %.

Jetzt musste er umdisponieren. Weder Willkens noch Slataper standen zur Verfügung.

Bei näherer Betrachtung war das alles kein großes Übel. Der Winzer war ein sturer, alter Bock gewesen, der sich selten an Absprachen gehalten hatte. Sein Tod würde manches vereinfachen. Dafür müsste er nun einfach selbst nach Italien reisen, um die Verhandlungen mit der Witwe fortzusetzen. Treibach löste seine Seidenkrawatte. Er würde seine Steuerkanzlei für ein paar Tage schließen.

Triest

Die Bar Nanut befand sich in der Nähe des Canale Grande von Triest. Upper hatte einige Mühe, das Etablissement zu finden. Er kam direkt vom Flughafen und musste feststellen, dass die Handynavigation in dieser Stadt unzureichend funktionierte. Dennoch war er fünfzehn Minuten zu früh. Und er war nervös. Dies führte zu einigen Gläsern Sauvignon von Felluga, die er herunterstürzte, statt sie zu genießen.

Nach dem dritten Glas trat ein großgewachsener, athletischer Mann im Anzug durch die Eingangstür, unter dem Arm eine Ausgabe der New York Times. Das musste er sein.

Statt erleichtert aufzuatmen wurde Upper noch nervöser. Schweiß rann unangenehm an seinem Hemdkragen herunter.

Ungeachtet dessen machte er dem Mann mit der Zeitung ein Zeichen, was zur Folge hatte, dass dieser auf ihn zukam und sich neben ihm an der Bar platzierte.

„Buongiorno", sagte Upper. In seiner Muttersprache fuhr er fort: „Ich bin Robert …"

„Well, gut, dass du gekommen bist", unterbrach ihn der Mann. „Wir haben einiges zu besprechen." Er hatte einen sehr britischen Akzent, der Upper irritierte. War der Mann denn kein Ami?

„Ich …", sagte er, aber er wurde wieder unterbrochen.

„Meine Auftraggeber sind unzufrieden und geben dir die Schuld dafür. Understood?" Der Fremde blickte starr auf die handgeschriebene Tafel mit den Weinpreisen.

„Ich verstehe nicht, Mr. … wie ist eigentlich Ihr Name?"

„Nenn mich Lord, Jim Lord. Sie haben mich geschickt, um herauszufinden, was für eine Scheiße hier läuft." Das klang nicht mehr nach feiner, britischer Art.

„Von welcher Scheiße sprechen Sie?" Uppers anfängliche Nervosität steigerte sich zur Panikattacke.

„Wir dachten, du hättest alles im Griff. Aber dann erfahren wir über Umwege, dass es einen weiteren Interessenten für dieses Weingut gibt. Und als nächstes hören wir, dass Slataper mit diesem

Willkens quasi schon handelseinig ist. Was sagst du dazu?"

„Das wusste ich nicht", presste Upper heraus.

„Das ist bullshit!" Lords Englisch hatte nun eindeutig einen amerikanischen Zungenschlag. „Es liegt in deiner Verantwortung, so etwas zu wissen und uns rechtzeitig zu informieren. Das Ganze war schließlich deine Idee, mit der du zu uns gekrochen kamst. Und nun sind wir gezwungen, Druck aufzubauen." Lords Stimme klang drohend.

„Durchaus, durchaus. Ich war wegen meines Arbeitgebers stark eingespannt. Sie haben sicher gehört, dass ich zurzeit die Mosel bereise, um Weine für das ‚Per Me' einzukaufen. Ich war, nun ja, abgelenkt."

„Son of a bitch! Entweder du setzt dich für unser Projekt hundertfünfzigprozentig ein oder …" Lord machte eine Kunstpause. „Rot in hell."

„Nein, Sie haben recht. Ich hab's schleifen lassen. Kommt nicht wieder vor. Versprochen." So sollte sein Traum vom eigenen Weingut nicht enden. Upper wischte sich die Stirn mit seinem Taschentuch ab und stürzte den vierten Sauvignon herunter.

„Okay. We will see. Willkens ist tot. Slataper hat es dummerweise auch erwischt. Also müssen wir mit der Witwe sprechen."

„Wir?", fragte Upper.

„Ich passe auf, dass du diesmal alles richtig machst."

„Selbstverständlich", hauchte Upper.

Lord griff in sein Jackett, warf einen Fünfzigeuroschein auf die Theke und bedeutete Upper, dass es nun Zeit wäre, zu gehen.

Die ausladende Bewegung gab den Blick auf etwas zutiefst Beunruhigendes frei: Ein Achselholster mit dazugehöriger Pistole.

Upper war einer Ohnmacht nahe.

Collio

„Wir sollten demnächst zu Slatapers Weingut nach San Floriano del Collio fahren und nach dem Rechten schauen", sagte Johannes, schon etwas beschwipst.

Nach dem Essen in Minos Agriturismo waren sie wieder zu ihrem Zimmer zurückgekehrt, um sich frisch zu machen, beziehungsweise ein wenig auszuruhen. Johannes hatte das besonders nötig, da er beinahe einen Liter Cabernet Franc zu den vier Menügängen verköstigt hatte.

„Du bist Kriminalistin und ich bin Weinexperte", sagte er.

Dora war schon auf dem Weg zum Bad, um zu duschen. Bevor sie die Tür hinter sich schloss, erklärte Johannes: „Vielleicht können wir ja zur Aufklärung der Geschichte beitragen. Was meinst du?"

Sie meinte, nach Johannes Frage ein sonores Kichern zu vernehmen. Sie stellte das Wasser an und rief: „Johannes, du hast mal wieder zu tief in die Flasche geschaut. Wahrscheinlich überlebst du organausfallbedingt nicht mal dein Mittagsschläfchen. Das Ganze kann also nicht dein Ernst sein. Was haben wir mit diesen Mordfällen zu schaffen? Wir machen so etwas Ähnliches wie Urlaub. Schon vergessen?" Sie ließ unerwähnt, dass Dieter eine ähnliche Bitte an ihre Adresse gerichtet hatte.

Johannes kam ins Badezimmer und stellte sich vor die Dusche.

„Hau ab, du Spanner", sagte Dora. Seit ihrer Brustoperation vermied sie Gruppenduschen.

Johannes zeigte sich unbeeindruckt. „Na ja, immerhin soll ich für ein Magazin die hiesige Weinwelt recherchieren. Und nach San Floriano del Collio wollte ich schon lange mal wieder. Ein Ausflug dorthin könnte also nicht schaden."

Dora entschied, dass es angesichts Johannes Alkoholpegel keinen

Sinn machte, auf ihre Intimsphäre zu beharren. Als sie wortlos begann, ihre Achseln zu rasieren, zog er ab.

Wenige Momente später trat sie mit nichts außer einem Handtuch in der Hand aus dem Badezimmer. Johannes sah verstohlen auf die Narbe über Doras linker Brust.

Sie bemerkte es, kommentierte dies aber nicht. Sie hatte halt nach der Krebserkrankung nur noch eine Brust. Damit musste ihr Freund leben. Schließlich hatte er dies schon gewusst, als sie ein Paar geworden waren.

Stattdessen sagte sie: „Du sollst doch über die Weine des Friauls schreiben. Soviel ich weiß, sind Mord und Totschlag keine Rebsorten." Sie grinste Johannes breit an.

„Meine Liebe, das sind Nebensächlichkeiten. Man sollte als Kritiker immer über den Weinglasrand hinausschauen. Meine Leser interessieren sich auch dafür, was Winzer, außer einem veritablen Leberschaden, in die Grube befördert."

„Ich nehme an, die Tatsache, dass ein Spitzensektmacher ermordet wurde, könnte außerdem deine Auflagenzahlen positiv beeinflussen."

Johannes winkte ab. „Du schon wieder! Nimmst immer das Schlimmste im Menschen an. Das macht sicher deine jahrelange Erfahrung als Kripobeamtin."

„Nicht ganz", sagte sie. „Eher der Umstand, dass wir jetzt etwa ein Jahr zusammen sind."

*

Es war neun Uhr morgens und Johannes fühlte sich topfit. Auf einer gewundenen Straße, die sich durch die Weinberge schlängelte, fuhren sie zu Slatapers Weingut.

„Dass ich mich immer von dir bequatschen lasse", warf ihm Dora vor.

„Schmoll nicht. Wir müssen hin. Mino hat uns bei Frau Slataper angekündigt." Johannes wusste, dass das eine schwache Ausrede war. Außerdem ärgerte er sich gerade über einen suizidgefährdeten Mercedesfahrer, der sie mit 100 Sachen auf dieser äußerst unübersichtlichen Straße überholte.

„Oh Gott! Was für ein Irrer! Wenn der so weiter rast, fährt der bald nicht mehr auf der Straße, sondern mäht eine Grand Cru Lage Sauvignon blanc nieder."

„Du könntest auch etwas langsamer fahren", entgegnete Dora. „Sonst machst du gleich einige Rebstöcke Pinot Grigio platt."

„Du solltest wissen, dass ich als Gourmet so etwas nie übers Herz bringen würde. Außerdem sind hier sechzig erlaubt und die fahre ich auch, selbst wenn es dir nicht belieben sollte."

„Johannes, ich habe den Krebs überlebt, aber ich bezweifle sehr, dass ich deine Fahrweise überleben werde. Also bitte ich dich, auf diesen engen Straßen ein wenig das Tempo zu drosseln. Biiitte!"

Johannes nahm den Fuß geringfügig vom Gaspedal und fuhr mit gefühlten siebzig auf den Hof der Slatapers.

Der Mercedes, der sie überholt hatte, stand ebenfalls dort. Johannes betrachtete den Wagen. „Ich hätte nicht gedacht, dass der Fahrer es schafft, sein Ziel zu erreichen."

Zwei Männer stiegen aus dem Auto. Johannes ging auf den Fahrer zu. „Glauben Sie etwa, Sie sind in Le Mans?"

Der Mann sah ihn grimmig an.

„Sorry. Sometimes kann sich mein Chauffeur nicht bremsen. Mein Name ist Robert Upper und das ist mein Partner, Jim Lord." Der Beifahrer des Vollpfostens versuchte die Situation zu entschärfen.

Der Mann namens Lord blickte noch grimmiger zu dem Mann hinüber, der sich Upper nannte. Der machte ein bedrücktes Gesicht und erklärte mit brüchiger Stimme: „Ich bin Sommelier in New York. Wir interessieren uns für Slatapers Weingut."

Johannes lebte auf. „Exzellent. Ich heiße Johannes Montus. Vielleicht haben Sie von mir gehört? Ich bin Restaurant- und Weinkritiker. Das ist meine Freundin, Dorothea Kost."

Er zeigte auf Dora, die neben ihrem Wagen stehengeblieben war.

„Lassen Sie uns sehen, ob jemand da ist", schlug sie vor. Ihre Stimme hatte eine gelangweilte Färbung.

Johannes kannte Doras Stimmungen und sagte: „Na, dann wollen wir mal."

Sie klopften an ein massives Holztor, das einem Elefanten standgehalten hätte. Doch niemand öffnete.

Lord zündete sich mit versteinerter Miene eine Zigarette an, und Johannes und Upper begannen im Detail über amerikanische Weine und das ‚Per Me' zu philosophieren, das Johannes selbstredend kannte. Das Überholmanöver, das sie fast das Leben gekostet hatte, war bereits vergessen.

Dora lehnte sich ein paar Schritte abseits an die Natursteinwand, offensichtlich weil sie Lords Qualmwolken entgehen wollte.

„Ich habe noch nie im ‚Per Me' gegessen, habe aber wahre Wunderdinge über den Koch, Tom Feller, gehört", sagte Johannes.

„Correct", bestätigte Upper: „Und ich sorge dafür, dass diese fantastic Kreationen nicht durch eine unacceptable Weinauswahl zerstört werden."

„Sicher nicht immer einfach?"

„Wenn man solange im Geschäft ist wie ich, dann geht es."

„Welchen Wein aus Kalifornien könnten Sie denn spontan einem Europäer empfehlen? Nur so für den Genuss."

„Maybe einen 1997er unfiltrierten Merlot von Newton. Auch in Kalifornien gibt es gute, gereifte Weine."

„In der Tat …" Johannes wollte nun zu längeren Ausführungen über amerikanische Weine ansetzen, doch zu seinem Bedauern öffnete in diesem Moment eine etwa siebzigjährige, große und kräftig gebaute Frau die Tür.

Mit müden Augen, aber glockenklarer Stimme, stellte sie sich vor.

„Maria Slataper. Und mit wem habe ich das Vergnügen?", fragte sie auf Italienisch.

Nachdem auch sie ihre Namen und ihr Anliegen genannt hatten, geleitete Frau Slataper die kleine Gruppe in die Gaststube des Weingutes. Sie stellte sogleich Probiergläser vor ihre Gäste, als wolle sie eine Weinprobe veranstalten.

Die Frau hat wahrscheinlich den Tod ihres Mannes noch nicht richtig begriffen, überlegte Johannes. *Sie flüchtet sich in Alltagshandlungen.* Er litt mit der Frau, die ihren Halt in der Welt verloren hatte.

Maria Slataper füllte die Gläser mit einem Friulano und setzte sich mit an den Tisch.

„Wie kann ich Ihnen weiterhelfen?", fragte sie. Den Tod ihres Mannes erwähnte sie mit keinem Wort.

Upper ergriff als erster die Initiative. Er sprach ein deutlich besseres Italienisch als Johannes.

„Allora, zunächst einmal möchten wir Ihnen zu Ihrem großen Verlust unser herzlichstes Beileid aussprechen. Ihr Mann und ich haben zwar nur miteinander telefoniert und via Skype kommuniziert, aber wir waren uns sofort sympathisch. Mehr als einmal habe ich ihm gegenüber erwähnt, wie angetan ich von Ihren Weinen bin."

„Wo hatten Sie in Amerika die Gelegenheit, sich einen Eindruck von unseren Weinen zu verschaffen?", fragte Maria Slataper. Auf Uppers Beileidsbekundung ging sie nicht ein.

„Okay, war nicht leicht dran zu kommen, aber ich hatte die Chance, sie in einer New Yorker Bar zu verkosten", antwortete Upper, was Johannes aber nur schwer glauben konnte. Friulano und Co waren keine Renner in den Staaten. Das wusste er.

Als Frau Slataper darauf nichts sagte, fuhr Upper fort: „Scusi, als wir hörten, dass Ihr Ehemann verstorben ist, wollten wir Ihnen unbedingt unsere Aufwartung machen. Herr Lord und ich sind gerade geschäftlich in der Gegend. Das Ganze war schon ein ziemlicher Schock."

„Sie können gerne bei mir Wein kaufen", sagte die Winzerin.

Frau Slataper trauert zwar, ist aber in jeder Lage eine gute Geschäftsfrau, dachte Johannes. Dora stupste ihn unsanft in die Rippen und flüsterte: „Was sagen die?"

Während er ihr übersetzte, sagte Upper: „Nochmals scusi, darum geht es nicht. Ich muss Sie stattdessen mit einem anderen Anliegen, so kurz nach diesem schlimmen Verlust, belästigen. Ihr Mann und ich sprachen über den Verkauf dieses Weingutes. Ich wollte ihm in Kürze ein Angebot machen."

Maria Slataper sah den Sommelier schneidend an. Offensichtlich bereitete ihr das Gesagte Unbehagen.

Auch Uppers Fahrer schüttelte kaum wahrnehmbar den Kopf. Er war offensichtlich nicht damit einverstanden, dass Upper dieses Thema jetzt anschnitt. Johannes hatte das Gefühl, dass Upper zwar viel redete, aber der schweigsame Jim Lord das Sagen hatte. Mit einem Blick verständigte er sich mit Dora. Auch sie schien irritiert von dem Auftritt der beiden Männer.

Zur Bestätigung dieses Eindrucks wechselte Upper die Strategie. „Well. Die momentane Situation ist, wie sagt man gleich noch, terrible. Ich möchte folgendes vorschlagen: Please, take my card, Mrs. Slataper. Ich rufe Sie im Verlauf des Tages noch einmal an, um einen

Termin zu vereinbaren. Dann können wir unter sechs Augen und in aller Ruhe über die Angelegenheit sprechen. Ich möchte Sie nur bitten, wegen des Verkaufs des Weinguts keine weiteren Schritte zu unternehmen, bevor wir nicht miteinander gesprochen haben. Bis dahin goodbye. Ich wünsche Ihnen Mut und Kraft für die anstehende Zeit."

Upper überreichte die Visitenkarte, vergaß nicht, sein Glas zu leeren und verließ die Runde. Lord folgte ihm.

Frau Slataper sagte kein Wort, doch in ihren Augen mischte sich Wut zu ihrer Trauer.

*

Johannes und Dora saßen wieder in ihrem Miet-Fiat und fuhren zurück nach Prepotto zur Casa Ribolla. Dora würdigte der überwältigenden Szenerie, die die Weinberge rechts und links boten, keines Blickes. Ihr war es wichtiger, die Informationen ihres Besuchs bei Maria Slataper einzuordnen. Nachdem Frau Slataper die Amerikaner hinaus komplementiert hatte, hatten Johannes und sie noch Gelegenheit gefunden, mit der Witwe allein zu sprechen. Dabei hatten sie interessante Details erfahren.

„Die Slataper ist ganz schön cool", bemerkte Dora. „Hast du auch wirklich alles genau übersetzt?"

„Na hör mal. Ich bin der perfekte Dolmetscher."

„Wenn du das sagst."

Johannes überhörte Doras Bemerkung. „Was sagst du dazu, dass Frau Slataper über die Pläne ihres Mannes Bescheid wusste? Er hat sie doch offensichtlich eingeweiht."

„Als Ehepartner macht man das so", stellte Dora fest. „Auf jeden Fall ist jetzt klar, dass es zwei konkurrierende Parteien gibt, die Slatapers Weingut erwerben wollen."

„Sieht so aus."

„Auf der einen Seite haben wir Willkens, Treibach und vermutlich andere Kleininvestoren, wie Maximilian, die Treibach aufgetrieben hat. Auf der anderen Seite Upper und wohl eine große amerikanische Bank als Geldgeber." Dora strich sich über die Stirn.

„Warum könnte sich eine Bank für das Weingut interessieren?", fragte Johannes.

„Vielleicht aus den gleichen Gründen, wie andere Großkonzerne, von denen wir gehört haben. Man könnte ein renommiertes Weingut nutzen, um nach den verheerenden Auswirkungen der Finanzkrise die Reputation, das Image und die Außendarstellung in Europa aufzupolieren", antwortete Dora.

„Und was soll, deines Erachtens, nach dem Verkauf mit dem Weingut geschehen?" Johannes kratzte sich hinter dem Ohr.

„Darüber haben Maria Slataper und ihr Mann wohl nie gesprochen. Allerdings erwähnte sie, dass sie ihrem Mann sehr deutlich zu verstehen gegeben hatte, dass sie keinesfalls an Ausländer verkaufen wolle. Auch nicht für eine Eigentumswohnung in Rom. Sie will das Weingut am liebsten an einen der Jungwinzer aus der Region veräußern", erwiderte Dora.

„Hm, sie meint wohl, das wäre für den regionalen Weinbau und die gesamte Gegend das Beste. Selbst dann, wenn der erzielbare Preis deutlich unter dem Angebot der Amerikaner oder Willkens Offerte liegt", sagte Johannes.

„Man konnte spüren, dass das Ehepaar in der Vergangenheit hitzige Diskussionen über dieses Thema geführt hat. Und was ist mit der Mafia?"

„Dazu hat sie nichts gesagt, aber ihr Wein ist gut", stellte Johannes fest.

Dora verzog ihren Mund. „Du musst es ja wissen. Neben deinem Job als Dolmetscher hast du ja einiges verköstigt."

„Wolltest du deshalb urplötzlich aufbrechen?", fragte Johannes.

Dora schüttelte angesichts dieser dämlichen Frage den Kopf. Allerdings waren die Informationen, die sie erhalten hatten, beunruhigend. Für den Mord an Willkens und Slataper zeichneten sich so einige Motive am tiefblauen Himmel des Friauls ab.

Nittel

Kurt und Christian Willkens saßen im Stroh der alten Scheune ihres Weinguts, in der im Sommer Sektabende veranstaltet wurden.

Kurt erinnerte sich mit gemischten Gefühlen an diese Veranstaltungen.

„Vater hat uns immer verboten, den Sekt auszuschenken", sagte er.

„Vater sagte immer: Das machen eure Mutter und ich lieber selbst. Und dann durften wir nur bedienen, abräumen, spülen und saubermachen." Christian ließ sich auf den Rücken sinken und blickte zur Decke.

„Er hat uns nicht vertraut."

„Das ist wahr."

„Trotzdem kann ich nicht glauben, dass Papa nicht mehr da ist. Das fühlt sich nicht richtig an."

„Er war aber manchmal wirklich ein ziemliches Scheusal und außerdem war er dabei, den Betrieb zu ruinieren", entgegnete Christian.

„So einen Tod hat er aber nicht verdient", sagte Kurt. „Er hat uns die Liebe gegeben, die er halt geben konnte. Er war kein schlechter Mensch."

„Da bin ich mir nicht so sicher." Christian kratzte sich den Nasenflügel. Im Gegensatz zu seinem Bruder litt er unter Heuschnupfen. „Du kannst darauf wetten, dass er das Weingut vor seinem Tod lieber verkauft hätte, als es uns zu vermachen. Und das macht man als Vater nicht." Er hob den Kopf und blickte seinen Bruder aus düsteren Augen an. Ein verbitterter Zug spielte um seine Mundwinkel. Dann musste er niesen.

Kurt stieß ihn zurück aufs Stroh. „Sprich nicht so über ihn. Das steht dir nicht zu."

„Ich habe alles Recht der Welt, so über meinen Vater zu reden. Und wenn du es wissen willst: Es ist gut, dass er gestorben ist, bevor er die Familie in eine Katastrophe hätte stürzen können. Jetzt fällt es an Mama und uns, und wir können seine Arbeit in nächster Generation fortsetzen oder es zu Geld machen. So wie es sein sollte." Christian rappelte sich hoch und klopfte sich das Stroh vom Hemd. Er musste nochmals niesen.

Seinem Zwillingsbruder entfuhr ein Seufzer. Dann schaute er abwesend auf die leeren Sektflaschen, die verstreut überall in der Scheune herumstanden. Darunter waren auch Magnums, Jeroboams, Methusalems und Balthasars, also Flaschengrößen für eineinhalb, drei, sechs und zwölf Liter. Die Balthasar konnte man nur zu zweit ausschenken. Aber auch hierbei hatten sie dem Vater nie helfen dürfen. Selbst wenn es zuweilen sehr komisch ausgesehen hatte, wenn Vater allein mit der riesigen und schweren Flasche hantierte. Er vermisste seinen Vater, dennoch musste er zugeben, dass sein Tod die Gesamtsituation verbessert hatte.

Collio

„Wollt ihr ein Glas Bianco?", fragte Mino.

Die Sonne war auf ihrem alltäglichen Weg schon fast im Westen angekommen. Johannes und sie hatten den Wagen verlassen und machten es sich auf den Loungemöbeln vor dem Restaurant gemütlich. Kost bestellte anstelle des Weins zwei Cappuccino. Johannes hob die Augenbrauen, sagte aber nichts.

„Willst du wissen, was wir von Maria Slataper erfahren haben?", fragte Dora, als er den Kaffee brachte.

„Selbstredend", antwortete Mino. Dora nahm einen kräftigen Schluck und berichtete.

Mino hörte zu, dann sagte er: „Ich hätte nicht gedacht, dass Alessios Verkaufsabsichten schon so weit gediehen waren. Ich war immer davon ausgegangen, das sei mehr eine fixe Idee von ihm. Aber bei euch hört es sich so an, als hätte er kurz vor dem Verkauf seines Guts gestanden."

„Er hatte immerhin mehr als einen Interessenten", sagte Dora. „Das heißt für mich, dass die Verhandlungen schon eine ganze Weile angedauert haben. Er war also fest entschlossen, sich von seinem Grund und Boden zu trennen."

„Sieht wirklich so aus", sagte Mino.

„Interessant ist in diesem Zusammenhang allerdings, dass seine Frau gegen einen Verkauf an Nichtitaliener ist. Sie war uns gegenüber in diesem Punkt sehr ehrlich. Mal unter uns, Mino, traust du Frau Slataper zu, dass sie ihren Mann aus diesem Grund ermorden ließ?", fragte Dora. Sie bemerkte, wie Johannes die Augen verdrehte. Ihr war das egal.

„Um Himmels willen!" rief Mino aus. „Auf welche Ideen du kommst." Er schüttelte den Kopf. Nach einer Pause sagte er: „Macht wohl dein Job, denke ich. Aber Maria ist unter ihrer harten Schale das sanfteste Wesen, das du dir vorstellen kannst. Sie wäre zu keinem Mord fähig. Absolut nicht! Im Traum nicht!"

„Wie lange kennst du sie schon?", hakte Dora nach.

„Sie kam vor ungefähr 40 Jahren für Alessio ins Friaul. Zu dieser Zeit habe auch ich sie kennengelernt. Sie war jung und energiegeladen. Sie hat zusammen mit Alessio das Weingut Slataper erst zu dem gemacht, was es heute ist."

„Du würdest also deine Hand für sie ins Feuer legen?", fragte Johannes.

„Absolut!"

Dora zeigte sich unbeeindruckt. „Na ja. Wie man schon den Kids eintrichtert. Du solltest nie mit dem Feuer spielen, sonst verbrennst du dir deine edelsten Teile."

Bucht von Grignano

Es war Nachmittag. Er schaute durch das einzige Fenster in Lords Hotelzimmer nach draußen. Das Blau des Himmels erschien ihm nicht real. Seine Situation erschien ihm nicht real.

Die Nervosität, die Upper verspürte, seitdem er Lord begegnet war, hatte sich nicht verflüchtigt. Dennoch wagte er in einem Anflug von Heldenmut zu fragen: „Woher haben Sie eigentlich die Pistole unter Ihrem Jackett? Die konnten Sie doch bestimmt nicht so ohne weiteres im Flieger mitnehmen." Er war froh wieder nüchternes Englisch sprechen zu können. Das Italienische war ihm zu blumig.

Lord blickte ihn mit ausdruckslosen Augen an. „Das geht dich 'nen Scheißdreck an."

„Also ehrlich. Wir sollten ein wenig an unserer Kommunikation arbeiten." Upper versuchte es mit seiner Sozialkompetenz, die er sich im jahrelangen Umgang mit den Kunden erworben hatte. „Wir sind schließlich ein Team und möchten gemeinsam etwas erreichen." Das hörte sich jetzt allerdings wie die erste Stunde eines Rhetorikkurses an.

Doch zu Uppers Erstaunen bekam er eine Antwort. „Die Waffe habe ich mir in Italien besorgt. War beinahe so einfach, wie in den Staaten. Vergiss nicht, ich bin dein Bodyguard."

„Also von mir aus können Sie die Pistole im Hotelzimmer lassen." Upper versuchte es mit einem Lächeln.

„In Italien. Never! Wird geklaut, wenn ich sie rumliegen lasse."

„Nur zu meiner Beruhigung: Sie haben nichts mit dem Mord an Willkens und Slataper zu schaffen?" Upper wunderte sich über sich selbst angesichts seiner Tollkühnheit.

Lord sah ihn mit Verachtung an. Upper dämmerte, dass Lord niemals auf diese Frage antworten würde. Eher würde er ihn abknallen.

Lord bequemte sich jedoch zu einer Entgegnung ohne zu seiner Knarre zu greifen. „Das geht dich nichts an. Denkst du, ich bin zum Spaß in Italien? Ich habe einen Job zu erledigen, und wir ein Weingut zu kaufen. Darauf sollten wir uns konzentrieren. Kollateralschäden sind in solchen Angelegenheiten nicht zu vermeiden. Understood?"

Upper hatte verstanden.

Köln

„Die Malerei hat eine Evolution zum Comic des Alltäglichen durchlaufen." Paula war in ihrem Element.

Sie befanden sich im Atelier ihres Freundes in der Friesenstraße. Maximilian saß auf einem Stuhl, der mit Farbklecksen übersäht war.

Der gehört auf den Sperrmüll, dachte Paula. Sie hatte es sich auf dem Sofa gemütlich gemacht, das in der Mitte des Raums stand. *Vermutlich für die Nacktmodelle,* mutmaßte sie.

Sie saß ihrem Freund gegenüber. Anderthalb Meter trennten sie voneinander. Maximilians Augen studierten die rechte Ecke des Zimmers, obwohl Paula ihn anblickte.

Sie hatte beschlossen, Maximilian intellektuell etwas zu quälen. Schließlich hatte er sich trotz der furchtbaren Morde in Italien nicht endgültig von der hirnrissigen Idee verabschiedet, bei diesem Weingut einzusteigen.

Der Künstler lebt den größten Teil seiner Existenz im Vakuum seiner schöpferischen Fantasie, überlegte sie. Ihn dort rauszuholen, wenn auch nur für kurze Zeit, um existentielle, alltägliche Entscheidungen zu treffen, war schwierig. Dennoch musste man es versuchen!

Maximilian vermied weiterhin den Blickkontakt mit ihr. Er ahnte wohl, was kommen würde. Maximilian von Lofte von seinem einmal eingeschlagenen Weg abzubringen, war allerdings eine Kunst für sich. Das hatte sich in der Vergangenheit schon bei seiner Obsession gezeigt, Dora nackt malen zu wollen.

Jetzt schaute er sie an. Er ließ sich auf den Streit ein. Und gab Kontra. „Philosophie ist dagegen der Antiquitätenladen der Unent-schlossenen und eine gute Ausrede fürs Nichtstun."

„Lass mal meine Affinität für die Philosophiegeschichte außen vor. Hier geht es schlicht um viel Geld." Paula wurde sauer. Sie zog die Beine unter ihrem Po hervor und setzte sich gerade hin, den Rücken durchgedrückt.

Maximilian hob den Zeigefinger seiner rechten Hand. Paula fühlte sich an ihre Mutter erinnert, die ihr etwas einbläuen wollte.

„Aber Geld muss arbeiten, wie es so schön heißt. Ansonsten ver-abschiedet es sich ins Nirwana der Inflation. Und nachher hast du weniger als nichts."

„Das hört sich nach Treibach pur an", sagte Paula. Dann erklärte sie: „Mein Lieber, ich bin zwar nur deine Freundin, aber als die emp-fehle ich dir, diese Investition zu den Akten der unseriösen Ideen zu legen."

„Oh, jetzt kommst du mit der Ideenlehre. Platon, richtig?"

Paula hielt es nicht mehr auf dem Sofa. Sie stand auf und ver-schränkte die Arme vor der Brust. „Jetzt wirst du unsachlich."

„Okay, das nehme ich zurück. Aber Treibach habe ich als seriösen Berater schätzen gelernt. Er rief mich gestern an, um nachzufragen, ob er sich auf mich verlassen könne. Er selbst fährt für weitere Ge-spräche nach Italien. Er glaubt, dass sich unsere Verhandlungsposi-tion durch die Morde zumindest nicht verschlechtert hat. Ich denke, er ist der richtige Mann für eine vertrauensvolle Kooperation."

Paula machte einen Schritt nach vorne. „Lieber Maximilian, ich möchte es noch einmal mit anderen Worten ausdrücken. Erstens hast du keine Ahnung, wie man ein Weingut führt, auf dem zu allem Übel auch noch zwei Morde passiert sind. Zweitens hast du keine Ahnung, wie man vernünftig Geld anlegt, das du im Grunde nicht einmal hast. Drittens hast du keine Ahnung, wie unfassbar mich diese sinnlose Diskussion abtörnt. Sex kannst du dir für heute abschminken. Für morgen auch." Paula verzog keine Miene.

Maximilians Blick wurde trüb. „Dass Frauen als finales Argument immer die erotische Karte ziehen müssen."

Jetzt baute sich Paula nur wenige Zentimeter vor Maximilian auf. „Glaub mir, mein Liebling, davon habe ich echt Ahnung."

Collio

Rechts Weinberge, links Weinberge. Soweit ihr Blick reichte, sah sie das saftige Grün der Rebstöcke mit ihrer vollen Traubenpracht. *Der grüne Himmel für Weinliebhaber,* dachte Kost.

Sie hatten sich nach dem Frühstück auf den Weg zu Johannes nächster Verkostungsstation gemacht. Diesmal sollte der Winzer Gravner in Gorizia zeigen, was er konnte. Sie wusste, dass dieser bei ihrem Freund gottgleiche Verehrung genoss. Und das nicht nur, weil Gravner seinen Wein in riesigen, in der Erde eingegrabenen Amphoren vergärte.

Sie hatte ihm zum letzten Weihnachtsfest eine Flasche Breg geschenkt, die Johannes, was er selten tat, mit 100 Bewertungspunkten, der Höchstwertung, versehen hatte.

Inzwischen fragte Kost sich jedoch, ob das wirklich eine so gute Idee gewesen war.

Ihre Partnerschaft entwickelte sich ganz gut. Sie verkehrten auf Augenhöhe, was für Kost eine Grundvoraussetzung für eine erfolgreiche Beziehung war. Nur in einem Punkt war sie sich unsicher. Konnte man Johannes Trinkgewohnheiten noch als normal bezeichnen oder war er auf dem besten Weg zum Alkoholiker? Sie kannte in ihrem Bekanntenkreis niemanden, der so viel trank. Es fiel ihr schwer, Johannes Verhalten einzuordnen. Dass er Berufstrinker war, machte es nicht einfacher.

Nur eins war gewiss: Einen Säufer konnte sie sich als Partner nicht vorstellen. Spätestens nach dem Urlaub müsste sie Johannes darauf ansprechen.

Nachdem sie dieses Thema für sich gedanklich abgehakt hatte, wandten sich ihre Überlegungen den aktuellen Mordfällen zu und einer beunruhigenden Beobachtung, von der sie Johannes nichts erzählt hatte. Beim Besuch auf dem Weingut Slataper hatte sie bemerkt, dass Lord eine Waffe trug. Das fand sie äußerst irritierend. Was wollte Lord mit einer Pistole beim Besuch eines Winzers? Steckte hinter den Morden an Willkens und Slataper mehr, als sie vielleicht vermuteten?

Grundsätzlich war auch Maria Slataper verdächtig. Mit ihrer Weigerung, das Gut an Ausländer zu verkaufen, hatte sie ein Motiv, ihren Mann beseitigen zu lassen. Pflegte sie vielleicht sogar Kontakte zur feinen Gesellschaft?

Nun war es wichtig, die verschiedenen Interessenlagen einzuordnen. Wer profitierte am meisten von dem Tod der beiden Männer? Die vielen Facetten des Falls belagerten ihre Gedanken. Obwohl sie es besser wissen sollte. Die italienischen Ermittlungsbehörden waren zuständig, und nicht Dorothea Kost. Sie konnte es aber beileibe nicht sein lassen. Sie war durch und durch Polizistin. Auch im Urlaub.

Über den Alpen

Dora brauchte zusätzliche Recherchekapazitäten, und er war für seine Ex direkt in die Luft gegangen.

Anders ausgedrückt, er besaß ein Flugticket aus dem Internet, das scheißteuer war.

Nach einem Flugzeugwechsel in München, saß Dieter nun in einer kleinen Maschine Richtung Triest und wischte sich den Angstschweiß von der Stirn. Auch wenn seine Arbeit in vielen Fällen den Transport per Flugzeug notwendig machte, hatte er immer noch eine Heidenangst vorm Fliegen. Hätte Gott gewollt, dass der Mensch fliegt, hätte er ihn mit Düsenaggregaten ausgestattet und einem Tank für 2000 km Reichweite.

Um sich abzulenken, dachte er an seine neue Freundin Elke. Sie war Dozentin an der Uni Münster und hatte nicht mitreisen können.

Das letzte Gespräch mit ihr klang ihm noch in seinen Ohren und die unangenehme Erinnerung stellte sich ein: Sie saßen in Elkes Küche, tranken einen Merlot und er platzte mit der Nachricht heraus: „Ich muss dringend nach Italien."

„Dora pfeift und du springst." Elkes Stirn kräuselte sich. Ein Zeichen für ihre Anspannung, wie Dieter inzwischen wusste.

„Es ist für meine Arbeit."

„Dann pack deine Sachen und verpiesele dich." Elke nahm das halbvolle Glas Wein und stürzte es hinunter.

Er betete, dass sie ihn mit der Zeit verstehen würde. Er war über beide Ohren verliebt. Nur das mit seinen Zwangsneurosen hatte er Elke noch nicht gebeichtet. Er hatte Angst davor, wie sie auf seine angeschlagene Psyche reagieren würde.

Aber, anstatt dieses Thema anzugehen, sagte er: „Mein Job sind heiße Storys. Ich mache das schon ziemlich lange und verdammt gut." Auch für seine Ohren klang das wie eine Rechtfertigung.

„Klar, du bist der rasende Reporter mit einer Braut in jeder Stadt."

„Jetzt bist du unfair. Eine Mafiastory könnte der vorläufige Höhepunkt meiner Laufbahn werden. Ich gehe dem Thema schon seit drei Jahren nach. Die Organisationsstruktur dieser feinen Gesellschaft in Deutschland ist beängstigend. Und die Politik lässt die Herrschaften einfach gewähren. Aber ich komme mit diesem Kack-Sujet nicht weiter. Die Geschichte im Friaul liefert vielleicht einen neuen Ansatzpunkt."

„Außerdem freust du dich natürlich, Dora wiederzusehen."

„Fuck, dir ist schon klar, dass wir bereits zwei Mordfälle zusammen aufgeklärt haben."

„Pass auf, dass nicht noch ein dritter hinzukommt, wenn ich dich gleich mit der Weinflasche erschlage."

Er hatte es sich nicht anmerken lassen, aber irgendwie gefiel ihm Elkes Eifersucht.

Eine Luftturbulenz holte Dieter in die Gegenwart zurück und sein Magen gab ihm zu verstehen, dass das Fischbrötchen, das er am Münchner Flughafen in sich hineingeschlungen hatte, keine gute Idee gewesen war.

Bucht von Grignano

„Ein weiteres Treffen können wir uns sparen", hörte er Frau Slataper aus dem Lautsprecher des Handys sagen. Ihre Stimme machte einen gefassten und endgültigen Eindruck. Upper schluckte.

Lord schüttelte den Kopf. Er hatte sich vor Upper aufgebaut, der mit dem Handy auf Lords Hotelbett saß, und folgte dem Gespräch.

Zum ersten Mal fielen Upper die blankgeputzten, schwarzen Budapester an Lords Füßen auf.

Ganz Old School, überlegte er.

Upper startete noch einen Versuch. „Meine Liebe, überlegen Sie sich das noch einmal, prego! Denken Sie an Ihren Mann und daran, was er sich gewünscht hätte."

„Ich verkaufe nicht an euch Amis, basta." Dann legte Maria Slataper auf.

Die Leitung war tot. Upper starrte erst auf das Display seines Handys, dann auf Lords ungeöffneten Koffer, der neben ihm lag.

Ob er darin noch eine Kanone hat?, fragte er sich. Lord anzusehen, wagte er nicht.

Es war eine Katastrophe. All seine Bemühungen mäanderten ins Nichts. Kein Weingut, kein Merlot. Er würde nicht der vielumjubelte amerikanische winemaker sein, der dem alten Europa zeigte, wie Spitzenrote erzeugt werden. Im Worst Case würde Lord ihn jetzt killen.

Doch Jim Lord nahm die Nachricht überraschend gefasst auf. Er schnappte sich einen Bourbon aus der Minibar, trank die kleine Flasche in einem Zug leer, blieb aber insgesamt gelassen. Dann kontrollierte er den Sitz seiner Pistole, zog sein Jackett an, obwohl draußen 36 Grad herrschten, und sagte zu Upper: „Stay here! Ich werde meinen italienischen Freund kontaktieren. Mach keinen Blödsinn. Du hast genug Ärger." Dann verließ er das Hotelzimmer.

Upper war allein. Er spürte Wut in sich aufsteigen. Warum wollte diese blöde bitch nicht verkaufen? Warum gerade an ihn nicht? Das war doch Irrsinn. Er war genau der Richtige. Er musste mit Maria Slataper unter vier Augen sprechen. Er würde es schaffen, sie zu überzeugen.

Collio

Der Flughafen von Trieste-Ronchi dei Legionari war schnuckelig. Keine hektisch zu ihren Flügen hetzenden Menschen, die einen umrannten. Die Sicherheitskräfte hatten eine tiefe Bräune und wirkten entspannt. Die Anzahl der Essens- und Kaffeestände war überschaubar. Und der Weg zum Gepäckband war kurz. Allerdings fehlte ihm für diese Aspekte der Nerv.

Es war ganz schön heiß in Italien. Er schwitzte. Er stank in seinem Tausend-Euro-Anzug wie ein Straßenpenner.

Treibach trieb sich für seine Geschäfte nur ungern in der Weltgeschichte herum. Er war der Mann, der von seinem Schreibtisch in Bergisch Gladbach aus agierte. Für die Arbeit an der Front hatte er seine Leute. Der Mann für diesen Fall, Willkens, war auf unglückliche Weise ausgefallen. Er überlegte, ob er gerade selbst ein Risiko einging.

Nun denn. Es ging um zu viel Profit. In dieser Angelegenheit würde ansonsten ausnahmsweise alles mit rechten Dingen zugehen. Nur, dass er Willkens und von Lofte verschwiegen hatte, was er am Ende mit Slatapers Weingut vorhatte. Aber Treibach wusste, dass jeder Mensch lügt. Auch Willkens hatte heimliche Ziele gehabt. In diesem Punkt war er sich sicher.

An den gläsernen Ausgangstüren blieb er stehen. Er blickte zum Himmel. Kein Wölkchen zu sehen. Es half nichts. Er stürzte sich in die Hitze des friulanischen Sommers und suchte sich ein Taxi. Er wollte keine Zeit verlieren und zu Slatapers Weingut fahren.

*

Er schaute der Gestalt nach, die dem Ausgang zustrebte und dann, nach einem kurzen Innehalten, in die gleißende Sonne trat. Verdammt, den Typen kannte er von irgendwoher. Schmitz war mit ihm bereits in der gleichen Maschine nach Triest geflogen. Aber bei welcher Gelegenheit hatte er ihn vorher schon mal getroffen?

Schmitz Problem war, dass er aufgrund seiner Arbeit auf unglaublich viele Menschen traf. Leider war aber sein Gedächtnis für Gesichter besser als das für Namen.

Das Thema erledigte sich jedoch sehr schnell, da der Unbekannte in ein Taxi stieg. Schmitz hatte sich dagegen per Internet einen Mietwagen mit Navi bestellt.

Als er seine Sachen in einem Alfa Romeo verstaut hatte, machte er sich auf den Weg nach Prepotto, um Dora und Johannes zu treffen. Er wollte sich von den beiden den aktuellen Kenntnisstand berichten lassen, um mit seinen Recherchen sofort loszulegen.

Er fuhr vom Parkplatz des Flughafens und nahm die Landstraße Richtung Cormons. Aber statt die Maisfelder und Weinberge, die diese Region prägten, zu bewundern, hämmerte Schmitz auf den Knöpfen der Klimaanlage herum. Trotz all seiner Bemühungen sprang das Scheißding nicht an. Irgendwann gab er es auf, rückte seine Sonnenbrille zurecht und staunte über ein sehr großes Weingut namens Angoris, an dem er gerade vorbeifuhr. In Cormons entdeckte er einen weiteren Weinerzeuger, von dem ihm Johannes schon erzählt hatte: Die Cantina Produttori Cormons. Hier wurde der Wein des Friedens, Vino della Pace, der von 600 verschiedenen Rebsorten aus aller Welt stammte, produziert. Doch diese Ecke von Europa war mehr als nur ein Ort, an dem Wein hergestellt wurde. Viele Volksgruppen trafen hier aufeinander, die sich in zwei Weltkriegen unbarmherzig bekämpft hatten. Doch die Menschen hatten sich schließlich zusammengerauft. Sie lebten friedlich miteinander als echte Europäer und waren ein Vorbild für die europäische Gemeinschaft.

Wenn die Europäer nicht dämlich sind, dachte Schmitz.

Viele Einheimische waren beileibe keine geborenen Italiener. Schmitz hatte bei seinem letzten Besuch gesehen, dass im Karst oberhalb Triests die Ortschilder in Italienisch und Slowenisch beschriftet waren. Die Menschen lebten unter italienischer Flagge, wussten aber von ihrer nationalen Identität und den Wurzeln ihrer Herkunft. Und seit über 70 Jahren war dennoch kein tödlicher Schuss mehr auf vermeintlich Fremde abgegeben worden.

Ein roter Alfa rollte auf den Hof der Casa Ribolla. Sie sah von ihrem Zimmerfenster aus, wie ein mittelgroßer Mann ausstieg, die Wagentür zuknallte und fünfmal kontrollierte, ob der Wagen auch abgeschlossen war. Mit der Sonnenbrille auf der Nase, sah er aus wie Alain Delon.

„Dieter ist da", rief sie Johannes zu. Dann lief sie nach draußen, um ihren Ex zu begrüßen.

Bis Dieter eingecheckt hatte und das erste Glas Ribolla Gialla Spumante vor dem Restaurant in der Hand hielt, vergingen 15 Minuten. Dieter war kein Gourmet, wie ihr jetziger Freund, aber auch er wusste einen guten Schaumwein zu schätzen.

„Ich sehe schon, ihr lasst es euch mal wieder richtig gut gehen. Das Leben als Restaurantkritiker kann man nur als privilegiert bezeichnen. Das seiner Freundin natürlich auch." Dieter grinste breit. In seinem Sektglas befand sich nur noch Luft.

Johannes, mit einem vollen Glas Acqua Minerale gassata in der Hand, entgegnete: „Das wäre der Fall, wenn man ohne besagte

Freundin verreisen könnte. So bekomme ich nur Wasser zu trinken."
Er zog eine kleine Zigarre aus der Brusttasche seines Hemdes und
steckte sie in den Mund.

„Ich leide mit dir, Mann. Aber du hast dir die Schnepfe selbst aus-
gesucht. Selbst schuld!" Dieter zauberte eine Packung Streichhölzer
aus seinem blauen Sommerjackett und gab Johannes Feuer.

„Lasst mal gut sein, Jungs", sagte Dora. „Es geht hier mal ausnahmsweise nicht um Ess- oder Trinkgewohnheiten, sondern um
einen veritablen Doppelmord." Sie schenkte sich Mineralwasser
nach.

„Verdammt richtig", bestätigte Dieter. „Und ich bin nun da, um ihn
aufzuklären." Das Streichholz in seiner Hand war schon bedenklich
weit abgebrannt. Als er es bemerkte, drückte er die Flamme mit den
Kuppen des Daumens und Zeigefingers aus.

„Gemach, gemach, mein voreiliger Freund." Dora versuchte Dieters Enthusiasmus zu bremsen. „Für dich geht es in erster Linie
darum, die Organisationsstrukturen der hiesigen Weinwirtschaft
zu erforschen. Wer hat was zu sagen? Wer sind bedeutende Entschei-
dungsträger, wenn es um die Verwaltung des hiesigen Weinbaus
geht? Und so weiter und so fort. Du begibst dich in keinem Fall auf
Mörderjagd. Wenn die Mafia involviert ist, bist du dein Leben noch
vor deinen Zwangsneurosen los."

„Das kannst du natürlich nicht befürworten, verehrte Geliebte",
entgegnete Dieter und rümpfte die Nase.

„Tja, irgendwie fühle ich mich immer noch für dich verantwortlich. Also bau bloß keinen Scheiß!" Bei diesen Worten schaute Dora
Dieter streng an. Aber sie wusste, Dieter war inzwischen unemp-
fänglich für ihre guten Ratschläge geworden.

Soweit durfte es bei Johannes nicht kommen. Deshalb ergänzte
sie: „Das gilt auch für dich, Johannes!" Der Blick, den sie Johannes

zuwarf, war aus Stahl. Sie hoffte, dass er seine Wirkung nicht verfehlte.

Als Antwort zog Johannes an seiner Zigarre und behielt den Rauch einige Sekunden im Mund, bevor er ihn ausstieß. Dann nahm er sein Wasserglas und prostete ihr mit versteinerter Miene zu.

Das war nicht gerade verheißungsvoll, dachte Dora.

Dieter stellte sein leeres Sektglas ab. „Es kann nicht schaden, wenn ich heute noch Frau Slataper besuche. So kann sie sich ihre Antworten nicht im Vorhinein zurechtlegen. Möchte jemand mitkommen?"

Dora bejahte die Frage.

Nur Johannes schmollte. „Geht nur. Ihr habt euch bestimmt noch einiges unter vier Augen zu sagen. Da störe ich nur." Erneut stieg Qualm aus seinem Mund.

War Johannes etwa eifersüchtig oder wollte er ihre Abwesenheit nur nutzen, um heimlich ein paar Gläser Wein zu verkosten?

Egal, sie mussten Johannes mitnehmen. Weder Dieter noch sie beherrschten die Landessprache.

✳

Den Cowboys hatte sie die Meinung gegeigt. Die würden nicht wieder bei ihr auftauchen. Sie veräußerte ihr Land doch nicht an ein paar dahergelaufene Ausländer. Selbst wenn sie fließend Italienisch sprachen. Außerdem war Maria Slataper dieser Lord nicht geheuer. Der hatte den bösen Blick, wie es ihre Mutter ausgedrückt hätte. Ein unangenehmer Zeitgenosse. Upper hielt sie dagegen für einen Hanswurst.

Maria Slataper stand an dem massiven Eichentisch in ihrer geräumigen Küche und bereitete Gnocchi von Hand zu. Dazu eine gefällige Soße aus sehr reifen und aromatischen Tomaten, wie sie auch Alessio immer gemocht hatte.

Der alte Trottel. Wollte unbedingt an den Deutschen verkaufen. Eigentlich passte es gar nicht, dass sie diese Germanen auch als Gnocchi, Kartoffelfresser, bezeichneten. Dafür war die Speise einfach zu lecker. Die Deutschen sollten bei ihrem Sauerkraut bleiben.

Maria vermisste ihren Mann. Der jahrzehntelange, eingespielte Alltag des Ehepaares war wie eine Wiege der Sicherheit gewesen. Gleichwohl nicht mehr der Liebe. Aber was machte das schon. Entscheidend war die Vertrautheit, die sie gewonnen hatten. Die eigene Scholle stand dabei über allem. Dafür hatte sie ihr Leben in Rom aufgegeben und wie ein Tier geschuftet. Dieses Eigene galt es zu bewahren. So richtig hatte Alessio das nie verstanden.

Nun war er tot, und sie musste für den Fortbestand des Weinguts einstehen. Mit ihren 67 Jahren war sie dazu bereit.

Sie setzte sich mit dem Teller heißer Gnocchi an den Esstisch. Sie waren ihr gelungen. Butterzart und mit einem schmelzigen Gaumengefühl.

Ihr Genuss wurde durch eine Bewegung auf der Terrasse unterbrochen. War das eine ihrer Töchter, die anlässlich des Trauerfalls nach Hause heimkehrte? Die würde jedoch nicht das Haus über die Terrasse betreten. Da war Maria sich sicher.

Sie stand auf und ging zum Herd. Über dem war eine Magnetleiste für Messer angebracht. Sie griff sich das große Fleischmesser.

Sollte dieser Upper unaufgefordert zurückgekommen sein? Das sollte er mal wagen. Sie hatte ihm und seinem Kumpel unmissverständlich klargemacht, dass sie nicht verkaufte. Dem würde sie mit dem Riesending in ihrer Hand einen gehörigen Schrecken einjagen.

Energischen Schrittes machte sich Maria Slataper auf die Suche nach dem ungebetenen Gast.

Köln

Das Holz der Staffelei war unter den mannigfaltigen Schichten von Farbspritzern nicht mehr zu erkennen. Ein Zeichen jahrelanger Kreativität.

Er arbeitete ausschließlich mit Ölfarben, um seinen schöpferischen Ausgeburten Gestalt zu verleihen. Und nun stand von Lofte vor einer leeren Leinwand in seinem Atelier, um sich abzureagieren. Er hatte sein Lieblingshemd an, das er immer zum Malen trug, wenn er etwas Neues ausprobieren wollte. Dessen ursprüngliches Weiß war einem Muster gewichen, das Jackson Pollocks Bildern glich.

Paula ging im Krankenhaus ihrer Tätigkeit als Ärztin nach. So konnte er über den Disput mit ihr hinsichtlich des geplanten Weinguterwerbs nachdenken.

Er pinselte einen fetten blauen Strich auf die Leinwand. *Paula war immer so verdammt vernünftig,* dachte er.

Ein gelber Farbklecks gesellte sich zu dem blauen Strich. *Sie hat überhaupt keine Fantasie.*

Er malte ein rotes Viereck. *Sie vergrault mir meine Träume.*

Er platzierte einen grünen ovalen Kreis um das Viereck. *Früher war sie viel spontaner.*

Er ergänzte das Bild um weitere Vierecke, Kreise und Rauten.

Bei der verwendeten Farbauswahl war er nicht wählerisch. Von Lofte malte aus dem Bauch heraus.

Am Ende betrachtete er sein Werk. *Ein abstraktes Monstrum in Form einer dialektischen Vereinigung der Stile von Piet Mondrian und Pablo Picasso. Grausam,* kam ihm in den Sinn. Er war kein abstrakter Maler.

Gut getan hatte es dennoch. Er war sich darüber klar geworden, dass er dieses Weingut haben wollte. Und zu Paula würde er nur eins sagen: Ein Mann verhält sich in den Augen der Frauen zuweilen dumm. Er ist aber nicht dämlich.

*

Sie entledigte sich ihres Arztkittels. Ihre Schicht im Krankenhaus war anstrengend gewesen und sie fühlte sich ausgelaugt. Der Streit mit Maximilian trug auch nicht dazu bei, ihre Stimmung zu heben. Wie konnte sie diesen Idioten nur stoppen? Auf keinen Fall würde sie ihre Zustimmung zum Kauf eines italienischen Weinguts geben. Denn hirnrissige Ideen waren gegen ihre innere Überzeugung, dass in der Welt die Vernunft regierte. Selbst dann noch, wenn diese sich in weiten Teilen des Globus bestens versteckt hielt. Egal, wohin man schaute, USA, Großbritannien oder Türkei. Die Welt drehte durch und Maximilian gleich mit.

Den amerikanischen Möchtegernexpräsidenten konnte sie nicht stoppen, gegebenenfalls aber ihren Freund. Allerdings war er Argumenten genauso wenig aufgeschlossen wie Liebesentzug. Sie hatte beides probiert.

Sie musste einen anderen, unorthodoxen Weg finden. Und sie wusste, dazu war sie fähig. Schließlich war sie eine anmutige Frau mit Intelligenz und Einfallsreichtum und würde einen Weg finden.

Ihren Geldbeutel würde sie dabei aber nicht schonen können. Von einem sparsamen Weg konnte nicht die Rede sein. Hoffentlich würde er wenigstens anmutig werden.

Sie hatte vor, Maximilian kurzerhand übers Wochenende nach Norditalien einzuladen. An Ort und Stelle würde sie ihm besser verdeutlichen können, wie idiotisch eine Investition in ein Weingut für einen weltfremden Künstler sein musste.

Sie vermutete, da der Winzer einen Käufer suchte, dass Grund und Boden ziemlich heruntergewirtschaftet waren. Damit direkt konfrontiert, musste Maximilian ihres Erachtens erkennen, dass er sich zu viel aufbürden würde. Die Sache war zu groß für ihn.

Er sollte dann, so ihre Theorie, sehr schnell zur Vernunft kommen und von dem Kauf Abstand nehmen. Schließlich war er wahrlich kein Mann der Praxis. Außerdem konnten sie dann endlich wieder Sex haben.

Collio

Sie erreichten zu dritt Slatapers Weingut. Johannes war, nach langem Hin und Her, mitgekommen.

Sie parkten den Wagen auf dem Hof des Weinguts. Als sie ausstiegen, blendete sie die gleißende Sonne.

„Fuck", rief Dieter und rückte seine Sonnenbrille zurecht.

Es war keine Menschenseele zu sehen.

Sie gingen zur Haustür und schellten.

Nichts tat sich. Niemand öffnete die Tür. Im Haus ließ sich keine Bewegung ausmachen.

„Wir hätten vorher anrufen sollen", bemerkte Johannes. Er wirkte frustriert und sah Dieter vorwurfsvoll an.

„Sollte nicht trotzdem irgendjemand auf dem Weingut sein? Schließlich können jederzeit Touristen auftauchen, die Wein kaufen wollen", sagte Dora.

Dieter schüttelte den Kopf. „Nach einem solch beschissenen Trauerfall denkt man an so was zuletzt. Hätte ich wissen müssen."

Dora sah, dass sich Dieter angesichts der überflüssigen Tour zu Slatapers Anwesen über sich selbst ärgerte. Deshalb sagte sie: „Lasst uns mal ums Haus gehen, vielleicht arbeiten sie in den Weinbergen und haben uns nur nicht gehört." Und schon marschierte sie los. Dieter und Johannes folgten ihr in einigem Abstand.

Dora musste einen üppigen Rosenbusch zur Seite drücken, um an ihm vorbei die Terrasse betreten zu können. Sie bemerkte einige Weinfässer, die verstreut auf dem Grundstück standen oder lagen, dann sah sie Reihen alter Olivenbäume, deren Blätter in der Sonne glänzten, und zuletzt Maria Slataper. Sie hing leblos an einem Strick in einem ihrer Olivenbäume.

Dora rannte sofort los und befahl Johannes und Dieter, die gerade hinter ihr die Terrasse betraten, den Notarzt zu rufen.

Bei Maria Slatapers angelangt, umfasste Dora deren Unterschenkel und hob den Körper vorsichtig an. Sie wollte die Spannung auf den Hals verringern. Aber nach ihrer professionellen Einschätzung kam hier jede Hilfe zu spät. Das Genick war gebrochen.

Johannes und Dieter kamen hinzugeeilt, beide kreidebleich im Gesicht. Zusammen schafften sie es mit einiger Mühe, Maria Slataper aus dem Baum zu holen. Wie befürchtet blieben Doras Wiederbelebungsversuche ohne Erfolg. Maria Slataper war tot.

Eine Viertelstunde später waren der Notarzt und die Polizei vor Ort. Die Einsatzfahrzeuge blockierten die Einfahrt zum Weingut.

Maria Slatapers Leiche wurde eingehend untersucht, bevor sie weggeschafft werden konnte. Johannes, Dieter und Dora gaben ihre Aussagen zu Protokoll, wobei Johannes dolmetschen musste.

Als sie unter sich waren, versuchten sie das Geschehene einzuordnen. Die Weinfässer im Garten benutzten sie als Sitzgelegenheit. Ihre Stimmung war am Nullpunkt angelangt.

„Sie machte einen sehr gefassten und starken Eindruck, als wir sie zuletzt gesehen haben", sagte Johannes. „Was kann in der Zwischenzeit nur geschehen sein?" Seine Hände zitterten, als er sich einen Zigarillo anzündete.

„Der Tod ihres Mannes muss sie doch mehr mitgenommen haben, als ihr dachtet", erwiderte Dieter, der an jedem einzelnen Finger seiner linken Hand zog, bis es knackte. „Ihr habt ihren Zustand falsch eingeschätzt. Das kann jedem mal passieren."

„Ich hätte ihr niemals einen Suizid zugetraut." Johannes schüttelte den Kopf. „Sie machte auf mich keinesfalls den Eindruck einer deprimierten Witwe. Aber wer kann schon in einen Menschen hineinschauen?" Er nahm einen Zug von seinem Zigarillo. Als er den Rauch ausstieß, musste er husten.

Dora gab nur einen einzigen Kommentar von sich: „Das war nie im Leben Selbstmord."

$$\star$$

Als sie Mino Urban Stunden später die traurige Nachricht in der Casa Ribolla überbrachten, brach der Winzer fast zusammen. Er war fassungslos. Er war außer sich. Er war untröstlich. Er torkelte zu den Loungemöbeln vor seinem Restaurant und ließ sich in einen Sessel fallen. Dieter, Johannes und Dora folgten ihm. Johannes zündete sich einen weiteren Zigarillo an.

Mino raufte sich die Haare. „Maria tot! Das kann, das darf nicht sein. Und dann soll sie sich auch noch selbst getötet haben? Das glaube ich nicht."

„Wieso bist du dir da so sicher?", fragte Dora, die Johannes aktuellen Nikotinbedarf zu ignorieren versuchte.

„Maria war wie die Felsen im Karstgebirge, die allen Extremen trotzen. Die rauen Bedingungen ihres Lebens haben zwar deutliche Spuren an ihrem Körper hinterlassen, aber ihr Charakter war unbezwingbar. Sie würde nie selbst Hand an sich legen."

„Du glaubst also, es war Mord?", fragte Dora.

„Auf jeden Fall. Etwas anderes kann ich mir einfach nicht vorstellen."

„Dann war es vielleicht derselbe Täter, wie bei Karl Willkens und Alessio Slataper. Die Frage ist nur, was gewinnt der Mörder durch den Tod der Witwe?" Dora schaute ein wenig ratlos in die Runde. Bei Johannes stoppte ihr Blick. Er zog an seinem Zigarillo. Eigentlich hatte auch sie Lust auf etwas Rauchbares.

„Möglich ist doch, dass der Mörder von vornherein plante, alle drei umzubringen. Frau Slataper war, als die ersten beiden Morde geschahen, nur durch einen Zufall nicht zu Hause. Sie besuchte überraschend eine Freundin. Deshalb kam der Killer später zurück, um den Job zu erledigen. Die Toten waren der Mafia im Weg", sagte Johannes.

„Das scheint mir unplausibel." Dora winkte ab. „Die Mafia hätte nicht so stümperhaft agiert. Das sind Profis und die hätten, wenn dies notwendig gewesen wäre, alle auf einen Schlag beseitigt. Interessant in diesem Zusammenhang ist, dass Maria Slataper nicht an Upper oder Treibach verkaufen wollte. Daraus könnten sich Motive für einen Mord ergeben."

„Fuck! Moment mal", unterbrach Dieter ihre Ausführungen. Er schlug sich auf die Stirn. „Jetzt fällt es mir wieder ein. Ich habe Treibach am Flughafen gesehen. Er flog mit der gleichen Maschine wie ich nach Italien. Ich habe ihn nicht sofort erkannt. Maximilian hat ihn mir auf einer seiner Vernissagen vorgestellt. Jetzt bin ich mir aber sicher. Der Typ am Airport war der Steuerfritze von Maximilian."

„Treibach ist im Friaul. Das ist ja mal eine spannende Wendung", sagte Johannes. Er drückte den halb gerauchten Zigarillo im Aschenbecher aus. „Der ist zu Frau Slataper gefahren, sie wollte nicht an ihn verkaufen, da hat er sie gekillt und es wie einen Selbstmord aussehen lassen. Klare Sache, der Steuerberater ist der Mörder."

Dora hatte da ihre Zweifel. „Nicht so schnell, bitteschön. Ich kann nicht glauben, dass Treibach kaltblütig genug ist, um etwas so Brutales durchzuziehen. Der scheint mir doch eher ein Stubenhocker zu sein. Treibach lässt für sich arbeiten und legt seine Hände nicht selbst um einen unschuldigen Hals."

„Ich gebe zu, das ist vielleicht etwas weit hergeholt. Aber was ist mit Upper?", entgegnete Johannes.

„Da wird es interessant", meinte Dora. „Dessen Begleiter machte auf mich den Eindruck, als wäre ihm eine solche Tat zuzutrauen. Der trug eine Waffe unter seinem Jackett."

„Was? Das ist mir gar nicht aufgefallen!" Johannes konnte sein Erstaunen nicht verbergen.

„Schatz, ich bin vom Fach." Dora lächelte milde.

„Dann sagen wir das der Polizia und die können ihn direkt festnehmen", sagte Mino. Er richtete sich in seinem Sessel auf. Er zitterte vor Aufregung.

„Meinst du, die unternehmen was, wenn wir denen einen Tipp geben?", fragte Dieter. „Die werden einen Scheißdreck auf unsere Vermutungen geben. Im Zweifel landen wir wegen falscher Beschuldigungen im Knast."

„In diesem Punkt muss ich Dieter ausnahmsweise einmal recht geben. Wir spekulieren wild herum. Das ist keine Grundlage für solide Polizeiarbeit", erklärte Dora.

„Aber eine reelle Basis für journalistische Recherchen", sagte Dieter. Seine Augen funkelten.

Dora musste angesichts seiner Bemerkung schmunzeln. Dieter wollte diese Story unbedingt.

„Wir könnten Upper und Lord ja mal einen Besuch abstatten."
Auch ihr Jagdinstinkt war nun erwacht. „Dumm nur, dass wir ihre
Adresse in Italien nicht kennen."

„Kein Problem." Johannes strahlte. „Upper erwähnte vor Slatapers
Haustür beiläufig, dass sie in einem Hotel beim Castello di Miramare abgestiegen seien."

„Das hatte ich gar nicht mitbekommen. Du bist ein echter Gold-
junge, mein Geliebter", sagte Dora.

„Ich würde euch gerne begleiten", sagte Mino.

Johannes schüttelte den Kopf. „Besser nicht, mein Freund. Wenn
du Lord oder Upper an die Gurgel gehst, haben wir ein ganz anderes
Problem. Wenn wir etwas herausfinden, bist du der Erste, der es
erfährt."

„Damit bin ich nicht einverstanden", erwiderte Mino.

„Aber ich!" sagte Dora. „Du bleibst hier, finito!"

Jedem in der Runde war klar, dass ein weiterer Widerspruch
sinnlos war.

„Na gut", gab Mino klein bei. „Zuerst gibt es aber Abendessen." In
diesem Punkt duldete *er* keine Widerrede.

1. HAUPTGANG

Duino

Der Fahrer parkte auf einem kleinen Platz vor dem Gebäude. Das Haus machte einen verwitterten Eindruck. Die Front bestand zum größten Teil aus Glas. Dahinter waren eine Sitzecke und eine Bibliothek zu erkennen.

Er gab dem Taxifahrer sein Geld. Das Trinkgeld war zu hoch. Doch Treibach scherte das nicht.

„Einen schönen Urlaub noch", sagte der Fahrer und fuhr davon.

Wenn du wüsstest, dachte Treibach.

Die Bilder vom Weingut würden ihn noch lange heimsuchen: Maria Slataper war tot, eine riesige Sauerei. Er hatte sich fast übergeben müssen. Entsprechende verräterische Spuren hatte er nur knapp vermeiden können. Und die ganze Zeit über hatte er das Gefühl gehabt, beobachtet zu werden. Wer weiß? Vermutlich ein Ausdruck seines moralischen Gewissens.

Doch trotz des Horrors waren die weiteren Schritte zu erwägen gewesen. In Maria Slatapers Küche hatte er die Telefonnummern der beiden Töchter an einem Pinbrett gefunden. Die Möglichkeit, das Geschäft erfolgreich abzuschließen, bestand weiterhin.

Treibach begab sich in sein Zimmer in der Villa Goethe in Duino, wo er kurzfristig hatte buchen können. Sofort stürzte er ins Bad. Er konnte es nicht mehr zurückhalten. Er kotzte sich die Seele aus dem Leib. Er hoffte inständig, dass dies ein einmaliges Erlebnis in seinem Leben bleiben würde. Sicher sein konnte er sich nicht.

Bucht von Grignano

Fucking hell! Das Miststück war Geschichte.

Upper war zurück in seinem Hotelzimmer und lag auf dem Bett, das mit der Tagesdecke bezogen war. Die Matratze machte den Eindruck, aus Beton gefertigt zu sein. Er spürte seine Beine nicht. Er zitterte am ganzen Körper. Kalter Schweiß sickerte durch seine Kleidung.

Vielleicht war das besser so. Die Winzerin wollte nicht mit ihnen verhandeln. Die Quittung dafür hatte sie bekommen. Aufgehängt im eigenen Olivenbaum. Das entbehrte nicht einer gewissen Ironie.

Upper fühlte sich dennoch schuldig. Er hatte die Entwicklung in die Gänge gebracht und das war nun das Resultat. Aufgeben wollte er trotzdem nicht. Er würde sich an die Erben wenden. Es wäre doch gelacht, wenn diese nicht an ihn verkaufen wollten. Schließlich stand eine starke Bankgesellschaft hinter ihm.

Nur zwei Fragen bereiteten ihm Kopfzerbrechen: Wann würden seine Beine ihm wieder gehorchen und was würde Lord zu dieser Entwicklung sagen?

Und noch etwas anderes machte ihm Sorgen: Er war nicht der einzige, der bei Frau Slataper gewesen war.

Triest

Er saß in irgendeiner Bar in der Triestiner Altstadt und trank Bourbon. Er bestellte gerade den dritten Doppelten.

Seinem Magengeschwür bekam das gar nicht. Gleichwohl machte sich in seiner Magengrube eine angenehme, melancholische Stimmung breit. Das kannte er von früheren Aufträgen. Das war okay.

Lord atmete tief ein. Sein Ruhepuls lag bei achtundvierzig Schlägen pro Minute.

Dennoch war es langsam an der Zeit, seinen Ruhestand in Erwägung zu ziehen. Er war jetzt lange genug dabei. Dieser Job sollte der letzte sein. Er war sehr gut bezahlt, und mit diesem Geld in der Tasche wäre es Lord möglich, ein ruhiges und gesichertes Dasein in Texas zu führen.

Die ganze Geschichte gestaltete sich jedoch viel komplizierter als angenommen. Upper hielt er nicht für besonders helle. Es lag also in Lords Verantwortung, dass das Geschäft sauber oder unsauber abgeschlossen wurde. Deshalb hatte er heute ohne Upper das Hotelzimmer verlassen, saß nun an dieser Bar und ruinierte sich seine Magenwände.

Collio

Letztendlich hatten sie am Vorabend bei Mino so viel getrunken, dass keiner von ihnen fähig gewesen war, die anderen nach Triest zu kutschieren. Also hatten sie beschlossen, Upper am Folgetag aufzusuchen. Sicherheit ging vor Mordaufklärung.

Johannes lag, wie fast jeden Morgen, auf einer Liege am Pool und paffte seine Zigarre. Diesmal eine Corona der Hausmarke Peter Heinrichs.

Durch die geöffnete Terassentür ihres Zimmers sah er, wie Dora auf dem gemachten Doppelbett saß und mit Paula telefonierte. Dieter war noch nicht aufgetaucht. Vermutlich schrieb er irgendetwas Belangloses in seinen Computer.

Lediglich mit Restalkohol belastet, sah Johannes die Morde und ihre eigenen Nachforschungen in einem etwas anderen Licht. Was sie vorhatten, schätzte er als gefährlich ein. Mit diesem Lord war nicht zu spaßen. Und hier ging es um Big Business. Das bedeutete, man ging über Leichen. Johannes wollte unbedingt vermeiden, dass es ihre Leichen wären. Nüchtern betrachtet, sollten sie in diesem Fall tatsächlich den italienischen Ermittlern den Vortritt lassen.

Außerdem lag er mit seinem Verkostungsprogramm zurück. Bedingt durch die Besuche bei Slatapers hatte er die Weine von Antico Broilo, Ronco Severo und Vie di Romans noch nicht probieren können. Sein Bild der friulanischen Weine war noch nicht vollständig. Das wurmte.

Dora trat zu ihm an die Liege. „Paula und Maximilian wollen uns am Wochenende besuchen."

„Warum das denn?", fragte Johannes. Er musste husten, weil er den Zigarrenrauch in den falschen Hals bekommen hatte.

„Paula will Maximilian das Weingut ausreden, indem sie es ihm zeigt", erwiderte Dora. Man merkte ihr an, dass sie von der Idee nicht viel hielt.

Auch Johannes war skeptisch. „Ich glaube nicht, dass das bei Maximilian funktioniert. Das Weingut liegt sehr idyllisch in den Colli, hat wunderbare Weinberge und einen alten Bestand an Olivenbäumen. Das wird die romantische Künstlerseele inspirieren. Hast du ihr abgeraten?"

„Ich habe ihr die Situation hier vor Ort geschildert. Aber wenn sie sich einmal etwas in den Kopf gesetzt hat ..."

„Verstehe. Ich halte das dennoch für keine gute Idee." Johannes fixierte die Asche an der Zigarrenspitze. Dann blickte er zu Dora hoch. „Setz dich doch neben mich, Liebes. Du machst mich sonst ganz nervös."

Dora blieb stehen. Ihre Stirn kräuselte sich. Sie wollte etwas antworten, doch ihr Gespräch wurde durch Mino unterbrochen, der auf sie zustürmte. Er machte einen erregten Eindruck.

„Ich habe mit meinen Kontakten bei der Polizia gesprochen", legte er sofort los. „Ihre erste Einschätzung geht in Richtung Selbstmord. Sie haben keine Spuren gefunden, die dagegensprächen." Mino wirkte resigniert. „Ich bin fassungslos. Wahrscheinlich werden sie den Fall schnell zu den Akten legen. Für sie ist Maria nur eine Witwe, die den gewaltsamen Tod ihres Mannes nicht verkraften konnte. Finito, das war's dann. Merda!"

„Hast du der Polizei unsere Vermutungen mitgeteilt?", fragte Dora.

„Nein, das hat doch keinen Sinn. Die hören nicht auf einen hiesigen Winzer und ein paar deutsche Touristen. Ich habe ihnen nur versichert, dass Maria nie und nimmer selbstmordgefährdet war."

„Und?", hakte Johannes nach. Er schnippte die Asche in den Aschenbecher, der neben seiner Liege auf dem Steinboden stand.

„Sie sagten, die Ermittlungen würden andauern. Ob die Leiche obduziert wird, sei noch nicht sicher."

„Das ist der Grund, warum in Deutschland so viele Morde unentdeckt bleiben. Die Totenscheine werden viel zu früh ausgestellt und notwendige Obduktionen unterbleiben", sagte Dora. Sie war verärgert.

Johannes setzte sich in seiner Liege auf. „Na dann fange ich eben heute mit meiner Abstinenz an. Ich probiere keine Weine mehr, sondern versuche Verbrecher zu fangen." Er fühlte sich wie ein Held und zog kräftig an seiner Zigarre. Ein erneuter Hustenreiz war die Folge.

„Das ist ein edler Vorsatz, mein Schatz. Allerdings ersetzt du ein Risiko nur durch ein anderes", entgegnete Dora.

„Scheiß drauf!", antwortete Johannes, der wieder Luft kriegte.

„Oh Gott!", rief Dora aus. „Jetzt hörst du dich schon wie Dieter an."

„Dann möchte ich dich darauf hinweisen, dass wir nur eine Gemeinsamkeit besitzen", sagte Johannes.

„Welche?"

„Wir waren oder sind beide mit dir intim."

Bucht von Grignano

Er saß am geöffneten Fenster und warf von Zeit zu Zeit einen Blick nach draußen. Aber das Panorama gefiel ihm nicht mehr. Weder das grandiose Castello di Miramare noch der herrliche Blick auf das Meer konnten ihn aufheitern.

Das lag nicht zuletzt an der Tatsache, dass Lord neben ihm in seinem Hotelzimmer stand und ihn wild beschimpfte. „You idiot! Wieso bis du zu der Slataper gefahren? Das war die größte Dummheit, die dein Spatzenhirn ausbrüten konnte. Beschissen genug, dass sie tot ist." Lord leerte eine Miniflasche Bourbon in einem Zug.

„Sie hat sich umgebracht", erwiderte Upper. Er fühlte sich wie ein Wurm.

„Fantastic! Hat dich jemand gesehen?"

Upper schluckte. Was sollte er jetzt antworten?

Schnell sagte er: „Nicht, dass ich wüsste." Er schluckte erneut, kratzte sich an der Stirn. „Nur der Taxifahrer."

„Great! Jetzt werden wir wahrscheinlich in ein Ermittlungsverfahren der hiesigen Polizei hineingezogen. Das fehlte mir noch. Ich will nichts mit den italienischen Bullen zu tun haben." Er pfefferte die leere Flasche in den Abfalleimer unter dem Schreibtisch.

„Bei einem Selbstmord haben wir nichts zu befürchten", erwiderte Upper. „Oder wissen Sie mehr als ich."

„Du meinst, ob ich sie gekillt habe?" Lord durchbohrte ihn mit seinem Blick.

„Jesus, no!" Upper ruderte zurück. „Ich dachte nur …"

„Du sollst nicht denken. Ich hoffe nur, dass du nichts mit dem Tod der Witwe zu tun hast." Lord kniff die Augen zusammen.

Bevor Upper antworten konnte, ließ das Hoteltelefon ihn hochschrecken. Lord machte eine beschwichtigende Geste und hob ab. Er sagte: „No … yes … okay." Und nachdem er eingehängt hatte: „Fuck, fuck, fuck."

„Was ist los?", fragte Upper. Er stand so abrupt von seinem Stuhl auf, dass dieser nach hinten umkippte.

„Wir bekommen Besuch von deinem Weinfreund, diesem Montus. Wir treffen ihn in der Lobby. Er will uns auf ein Glas Ribolla Gialla einladen."

∗

Johannes, Dieter und Kost warteten in der Hotelbar auf Upper und Lord. Sie hatten sich um einen niedrigen Tisch gruppiert und Johannes hatte entgegen seiner kürzlich geäußerten Absichten eine Flasche Ribolla Gialla vom Weingut Venica geordert. Kost schrieb es seiner Nervosität zu.

Sie hatte mit ihren beiden Männern vereinbart, dass Johannes die Gesprächsführung übernehmen sollte. Das schien ihnen unverdächtiger. Außerdem entsprach es seiner Ankündigung, von nun an Verbrecher zu fangen, wie Dieter ironisch anmerkte.

Als Upper und Lord endlich in Sicht kamen, standen sie von ihren Ledersesseln auf und begrüßten ihre Gäste mit den üblichen Begrüßungs- und Vorstellungsfloskeln. Upper bestätigte, dass sie sich in Deutsch unterhalten konnten.

Johannes machte einen ersten Erklärungsversuch für ihr Treffen: „Sie wundern sich vermutlich, dass wir Sie in Ihrem Hotel aufsuchen.

Aber wir würden gerne mit Ihnen über das Weingut der Slatapers sprechen. Wie ich bei unserem gemeinsamen Kondolenzbesuch bei Frau Slataper mitbekommen habe, erwägen Sie den Kauf des besagten Weinguts. Sie müssen wissen, dass auch ich mich seit einiger Zeit mit dem Gedanken beschäftige, in ein Weingut zu investieren. Ich dachte zuerst an eine entsprechende Anlage in Deutschland. Aber nun scheint es mir, dass sich diese Chance hier in Italien bieten könnte." Johannes nahm einen kräftigen Schluck aus seinem Glas.

„What!", erwiderte Upper. Er schien nicht zu glauben, was er hörte. Lord verzog keine Miene. Kost beobachtete ihn genau.

Johannes setzte sein Glas ab. „Doch, doch. Deshalb wollte ich Sie fragen, ob mein Freund, Herr Schmitz und ich bei Ihrem Geschäft mit einsteigen können? Nach einigen Überredungskünsten ist sogar meine Freundin einverstanden."

Kost nickte und tat betont schüchtern.

„Sorry, Herr Montus. Aber wir stehen kurz vor dem Closing des Geschäfts. Wir brauchen keinen weiteren Investor." Es war offensichtlich, dass Upper sie schnell wieder loswerden wollte.

„Hat der plötzliche Tod von Frau Slataper keine Auswirkungen auf Ihre Verhandlungen?", warf Johannes ein.

„Keine", antwortete Upper. Er blieb kurz angebunden und verzog keine Miene.

Einen Moment lang blieb es still, weil sie alle Uppers Reaktion analysierten. Er wusste also schon von Maria Slatapers Tod. *Aber woher?*, fragte sich Kost. Die Zeitungen hatten noch nichts gebracht. Das hatten sie zusammen mit Mino gecheckt. Deshalb fragte sie: „Haben Sie auch aus dem Il Piccolo von ihrem Tod erfahren?"

„Listen! So ein Selbstmord spricht sich schnell herum", antwortete Upper unbestimmt. Seine Finger krampften sich um den Stiel des Weinglases.

Lord zuckte fast unmerklich mit dem Mundwinkel.

Er ist wohl mit dem Verlauf des Gesprächs nicht einverstanden, sinnierte Kost. Im Internet war zu lesen gewesen, dass die Winzerin zu Tode gekommen war. Eine kurze regionale Notiz. Nur war da keine Rede von Selbstmord gewesen. Die Polizei hielt sich mit Informationen noch zurück. Kost war sich somit sicher, dass Upper log. Er war in diesen Fall tiefer verstrickt, als ihm oder Lord lieb sein konnte.

Zu ihrer Überraschung ließ sich Lord zu einer Bemerkung herab. Er sprach in einwandfreiem Deutsch: „Von Frau Slatapers Selbstmord haben wir durch einen italienischen Freund erfahren, der uns bei unseren Verhandlungen mit der Familie Slataper behilflich ist. Wir gehen davon aus, dass unser Geschäft trotz der tragischen Ereignisse in Kürze abgeschlossen werden kann. Das ist natürlich absolut vertraulich. Sie verstehen. Herr Upper wird deshalb auch Italien verlassen. Er ist lediglich unser fachlicher Berater. Für ihn gibt es hier nichts mehr zu tun. Die finanziellen Dinge werde ich final regeln."

Hoffentlich nur die, dachte Kost.

„Wo haben sie eigentlich so gut Deutsch gelernt, Herr Lord?", fragte Johannes, der überrascht schien.

„Ich war auf einem katholischen Jungeninternat in Bayern", antwortete Lord.

Kost war nicht sicher, ob er das ernst meinte, ging darauf aber nicht weiter ein. „Wohin geht es denn, Herr Upper? Wenn ich fragen darf. Zurück in die Staaten?"

„No. Ich fliege nach Köln. Dort werde ich an einer Big Bottle Party teilnehmen. Das soll der krönende Abschluss meines Europatrips werden." Upper lächelte gequält.

„Davon habe ich gehört", sagte Johannes. „Die findet einmal im Jahr im KölnSKY in Köln-Deutz statt. Da erwarten Sie wirklich tolle Gerichte und fantastische Weine. Ich beneide Sie ein bisschen."

Johannes war voll in seinem Element. Um seine Schwärmerei zu stoppen, trat Kost Schmitz unter dem Tisch auf den Fuß. Der kapierte sofort und unterbrach Johannes. „Wenn ich Sie also richtig verstehe, besteht keine Möglichkeit mehr, bei Ihnen einzusteigen."

Upper wandte sich Schmitz zu. „No way. Sorry, Sie müssen sich wohl ein anderes Weingut suchen."

Kost ergriff diese Gelegenheit. „Okay. Schatz, du hast es vernommen. Ihr müsst euer Geld woanders loswerden. Lasst uns gehen, wir sollten die Herren nicht weiter belästigen."

Sie hatte gehört, was sie hören wollte.

Karst

Nach ihrem Besuch bei Upper und Lord entführte Johannes sie zu einem Geheimtipp. Dieser Tipp entpuppte sich als Osmiza eines Winzers namens Skerk, die so gelegen war, dass man von dort die Hänge des Karsts bis hinunter zum Meer überblicken konnte. Sie nahmen im Hof der Osmiza am letzten freien Tisch Platz. Die Bude war gerammelt voll.

Die Konfrontation mit den beiden Amerikanern hatte sie alle hungrig gemacht. Bei Brot, Schinken, Käse und einem Glas Wein sprachen sie über die neuen Informationen.

Zu seiner Belustigung beobachtete Dieter, wie Dora Johannes daran hindern wollte, eine Flasche Vitovska zu ordern. Selbstverständlich ohne Erfolg. Jeder bekam ein Viertel Wein.

Nach einer Scheibe rohem Schinken brach Dieter das Schweigen. „Da haben uns Upper und Lord aber viel Postfaktisches aufgetischt. War eurer Meinung nach irgendetwas wahr an dem, was die verzapft haben?"

„Also, das Weingut wollen die schon noch kaufen", nuschelte Johannes mit vollem Mund.

„Alles andere war geschwindelt." In dem Punkt war sich Dora offensichtlich sicher. „Von Maria Slatapers Selbstmord dürften sie nichts wissen. Aber wir wissen, dass Frau Slataper nicht an Ausländer verkaufen wollte. Ich kann mir deshalb kaum vorstellen, dass die beiden Herren kurz vor einer Vertragsunterzeichnung stehen. Eher das Gegenteil." Dora schob sich eine dünne Scheibe Prosciutto zwischen die Lippen.

„Was einem Motiv gleichkommt", erklärte Dieter.

„Wir können außerdem daraus schließen, dass Upper und Lord Informationen, wie soll ich es sagen, aus erster Hand über ihren Tod haben", sagte Dora, während sie kaute.

„Genau! Sie sind tief verstrickt in diese Scheiße", sagte Dieter. Er ließ sich einen weiteren Schluck Wein schmecken. Gleichzeitig liebäugelte er mit einer möglichen Schlagzeile: *Deutscher Journalist macht amerikanische Killer in Italien dingfest.*

Für Dora war der Fall zu seinem Leidwesen nicht so eindeutig. „Natürlich ist nicht zwingend erwiesen, dass die beiden den Tod von Frau Slataper gewaltsam herbeigeführt haben. Es kann auch sein, dass sie die Winzerin erneut besuchen wollten und sie dann im Olivenbaum hängen sahen."

„Warum haben sie dann nicht die Polizei gerufen?", fragte Johannes.

„Die wollten keine Scherereien mit den italienischen Behörden, die die Verhandlungen und den Kauf des Weinguts weiter erschweren würden. Was würden außerdem die Erben, Slatapers Töchter, zu Verhandlungspartnern sagen, die ihre Mutter tot im Baum vorgefunden haben? Das ist nicht unbedingt die Basis für ein gesundes Vertrauensverhältnis." Dora nahm noch eine Scheibe Schinken.

„Denkbar." Johannes runzelte die Stirn und genehmigte sich noch einen Schluck Weißwein.

„Das ist doch alles Quatsch. Upper und Lord sind die Hauptverdächtigen. Punkt!" Für Dieter war die Sache klar. „Dieser Lord scheint ein eiskalter Hund zu sein. Wenn's dem zu langsam geht, überfährt der auch unschuldige Greise auf dem Zebrastreifen."

„Ganz von der Hand zu weisen ist Dieters Auffassung nicht", sagte Dora. „Meine Intuition sagt mir, dass dieser Lord gemeingefährlich ist. Auf jeden Fall sollten wir beide nicht aus den Augen verlieren. Upper zumindest solange, bis er nach Köln fliegt. Und Lord, um zu schauen, was er in Italien noch unternimmt."

Dieter schmunzelte. Dora gab ihm Recht. Das war ja ganz was Neues.

„Bestellen wir noch einen Platte Schinken", sagte Dora. „Der ist ja göttlich."

Bucht von Grignano

„You are a stupid idiot." Lords erste Worte, als sie wieder auf Uppers Zimmer waren. Er war wütend. Ihm hätte klar sein müssen, dass er es bei Upper mit einem Amateur zu tun hatte. Der saß, wie ein Häuflein Elend, auf seinem Stuhl am Fenster und starrte auf seine Schuhe.

„Du fliegst morgen nach Deutschland." Lord ärgerte sich über sich selbst. Er hätte das Gespräch mit Montus und Co gar nicht erst zustande kommen lassen sollen. So waren Upper Sachen rausgerutscht, die sie in heftige Schwierigkeiten bringen konnten.

Diese Dorothea Kost machte einen toughen Eindruck. Lord war schnell klargeworden, dass Montus und Schmitz nur Randfiguren des Treffens gewesen waren. Auf Kost musste er achtgeben. Die roch nach Bulle. Dafür hatte er einen sechsten Sinn.

„Und eins sage ich dir", fuhr er fort. „Du verlierst kein einziges Wort mehr über die Todesfälle auf dem Weingut Slataper und unsere Transaktion. Geh einfach und probier Wein. Betrink dich aber bloß nicht. Im Suff erzählst du nur noch mehr Scheiß."

Upper richtete sich auf und sah Lord an. Er machte einen untröstlichen Eindruck.

„Und was machen Sie?", fragte er.

„Ich kläre die Dinge hier, soweit das noch möglich ist. Vielleicht müssen wir das Geschäft abblasen. Vorher will ich aber mit den Töchtern sprechen. Chiara und Marisa Slataper. Ich kenne ihren Background. Sie haben mit dem Weinbau nichts am Hut. Es kann gut sein, dass sie nicht dieselben Bedenken haben wie ihre Mutter. Das wäre unser Glück. Aber das kläre ich allein. Du fliegst. Ansonsten landest du hier noch im Knast."

Collio

Sie saßen gemeinsam an einem Tisch in Minos Restaurant. Zu Kosts Unmut standen vor ihnen einige Flaschen Wein, die meisten leer. Der Raum war um einen großen Kamin angelegt, in dem Mino zuweilen Polenta kochte. Kost liebte seinen Maisbrei mit Gulasch. Es war Nachmittag und kein Gast mehr zugegen.

Die Stimmung war angespannt. Mino war außer sich und haute mit der Faust auf die Tischplatte. „Die haben bisher nicht einmal Marias Leiche obduziert." Er leerte sein Glas Rotwein mit einem Schluck. „Die glauben immer noch, es war Selbstmord."

„Auch die Polizei ist nicht perfekt", sagte Dieter. Mit dieser Bemerkung wollte er Mino offensichtlich beruhigen. Vergebens.

„Wenn man nicht richtig sucht, findet man auch keine Mordspuren", entgegnete Mino. „Und dann beschwert sich mein Bekannter von der Polizia auch noch wortreich darüber, dass ihr blöden Deutschen bei eurem Rettungsversuch den einen oder anderen Grashalm niedergetrampelt habt. Das hätte die Spurensicherung erschwert." Mino schenkte sich den Rest des Rotweins ein und leerte das Glas in einem Zug.

Kost konnte über diese Bemerkung nur grimmig lächeln. Hier auf dem Land ging wohl reibungslose Polizeiarbeit vor Lebensrettung.

Aber das war Nebensache. Sie musste entscheiden, ob sie Johannes und Dieter zu Uppers und Lords Observierung einsetzen konnte. Upper war vermutlich kein großes Problem. Aber Lord zu beobachten, konnte nach ihrer Einschätzung gefährlich werden. Das Beste wäre, wenn sich ihr aktueller Freund und ihr Exfreund an Uppers Fersen heften würden. Sie selbst würde sich auf Lords Fährte setzen.

Dumm nur, dass ihre Dienstwaffe in Deutschland geblieben war. Aber da war nichts zu machen.

$$\star$$

Johannes unterrichtete derweil Mino über ihr Gespräch mit den Amerikanern und die Schlussfolgerungen, die sie daraus gezogen hatten.

Ihr Gastgeber hörte wortlos zu, bis Johannes geendet hatte. Dann sagte er kühl: „Die mache ich kalt."

„Wir müssen diese Vermutungen aber erst noch verifizieren", erläuterte Kost. „Du kannst nicht einfach Leute umbringen."

„Das ist ein Fehler im System", entgegnete Mino.

„In unserer Zivilisation händigen wir solche Typen, wenn sie schuldig sind, den Gerichten aus und üben keine Selbstjustiz", sagte

Johannes, um sich dann eine Weinflasche nach der anderen zu greifen. Zu seinem Bedauern waren allesamt ausgetrunken.

„Auch Zivilisationen sollten sich weiterentwickeln", sagte Mino. „Aber ich verstehe schon. Ich kann diese Arschlöcher nicht nur auf den Verdacht hin, dass sie Maria getötet haben, abknallen."

„Guter Mann!", bestätigte Dieter. „Wir werden uns um diese Scheißhaufen schon kümmern."

Mino erhob sich. „Ich hole noch eine Flasche."

Nittel

Der Abend brach herein. Sie saß mit ihren Jungs im Wohnzimmer bei einer Flasche Elblingsekt. Sie stießen auf Karl an. Die Gläser, aus denen sie tranken, waren schon seit Generationen im Besitz der Familie. Ihr Mann hatte sie zwar für den Sektgenuss ungeeignet gefunden, denn die Glasränder waren ihm zu dick gewesen, doch sie liebte deren Goldrand.

Martha Willkens war gefasst. Auch ihre Söhne machten einen aufgeräumten Eindruck.

Bei einem verrückten Kerl wie ihrem Mann, hatte man immer mit allem rechnen müssen. Auch, dass er sich irgendwann einmal zuviel zumutete. Er hatte sich offensichtlich auf etwas eingelassen, das sich am Rande der Legalität bewegte. Und diesmal war er zu weit gegangen. Das hatte ihn das Leben gekostet.

Es war nicht so, dass Martha nicht um ihren Gatten trauerte, aber Martha war auch praktisch veranlagt. Auf dem Weingut an der Obermosel musste es weitergehen. Sie hatte auch genaue Vorstellungen, wie. „Von einem Verkauf will ich nichts hören", sagte sie zum wiederholten Male zu ihren Söhnen. „Das hätte Karl nicht gewollt."

„Das sehen wir aber anders, Mutter", erwiderte Christian. „Vater war immer der Meinung, dass wir für den Beruf des Winzers nicht taugen."

„Das hat er doch nur gesagt, damit ihr euch noch mehr anstrengt. Das war halt seine Art der Erziehung. Aber ich versichere euch, euer Vater hat euch geliebt. Außerdem hat er sich immer gewünscht, dass ihr einmal das Weingut Talerberg weiterführt." Martha nahm noch einen Schluck Sekt.

„Das hat er uns nie gezeigt", sagte Kurt.

„Er war ein sehr eigener Mensch. Das ist richtig. Und es war nicht einfach, in ihn hinein zu schauen. Aber ich konnte das. Und was ich euch sage, entspricht der Wahrheit. Deshalb möchte ich euch auffordern, die Geschäfte hier auf dem Weingut zu übernehmen. Ich werde euch helfen, wo ich nur kann. Und in ein paar Jahren steht ihr dann komplett auf eigenen Füßen."

„Was unternehmen wir in der italienischen Angelegenheit?", fragte Christian, der bisher an seinem Glas nur genippt hatte.

„Ich werde versuchen mit diesem Treibach zu sprechen. Ich denke, ihr seid mit mir einer Meinung, dass wir das Ganze abblasen sollten", antwortete Martha Willkens.

„Sofern das noch geht", warf Kurt ein.

„Wir werden diesen Herrn Treibach schon überzeugen", sagte Christian.

Collio

Seit dem Morgengrauen lauerte sie Lord vor dessen Hotel auf. Gegen acht Uhr dreißig erschien er endlich und stieg in seinen Mercedes, den er auf dem Parkplatz vor dem Hotel abgestellt hatte. Er bretterte mit hoher Geschwindigkeit los. Kost hatte Probleme, mit ihrem Mietwagen zu folgen. Gleichzeitig musste sie darauf achten, dass Lord sie nicht bemerkte, doch es verkehrten derart viele Fiat 500 in dieser Region, dass sie hoffte, nicht so schnell aufzufallen.

Sie fuhren über die Strada Costiera nach Duino. Johannes hatte ihr einmal gesagt, dass sie eine der schönsten Straßen der Welt sei. Doch dafür hatte sie jetzt keine Muße.

Etwa zwanzig Minuten später bog Lord in Duino auf die Autobahn ab, die ins Friaul führte. An der Mautstelle für die Autobahngebühr verlor Kost ihn dann beinahe, weil sie Probleme mit dem Geldautomaten hatte. Das Aufnahmefach für die Münzen war für ihren Arm unerreichbar, obwohl sie so nah wie möglich an das Gerät herangefahren war. Sie musste die Wagentür öffnen, um die geforderte Gebühr einzuwerfen. Hinter ihr hupten ein paar Einheimische. *Die haben wahrscheinlich alle einen Teleskoparm,* dachte Kost.

Nach weiteren fünfzehn Minuten verließ Lord im Friaul die Autobahn. Kost wusste jetzt, wohin er wollte.

⋆

Sie lehnte an dem Kotflügel ihres Fiats, den sie hinter einem Walnussbaum geparkt hatte und rauchte seit langem mal wieder eine Zigarre. Eine kleine Cuaba, die mit ihrem milden Aroma an diesem Morgen genau richtig war.

Lords Wagen stand jetzt im Hof des Weinguts Slataper. Er wurde, wie Kost mit Minos Fernglas sah, von zwei jungen Frauen empfangen. Sie vermutete, dass diese die Töchter der Slatapers waren. Er wollte also die Verhandlungen mit den Erbinnen vorantreiben. So weit, so gut.

*

Upper war auf dem Weg zum Flughafen und endlich aus dem Weg. Die Verhandlungen mit den Töchtern erforderten Geschick, das der Sommelier nicht besaß.

Lord parkte den Mercedes auf dem Hof der Slatapers, stieg aus und strich seinen Anzug glatt. Seine Auftraggeber hatten ihn gut vorbereitet. Er kannte die Lebensläufe der beiden Töchter und ihm war bekannt, dass sie gestern Abend fast zeitgleich auf dem elterlichen Weingut eingetroffen waren.

Jetzt galt es Druck zu machen. Die Mädchen befanden sich im Schock der ersten Trauerphase und waren leicht manipulierbar. Und diese Kunst beherrschte er aus dem Effeff.

*

Sie hatte ihre Zigarre längst ausgeraucht, als Lord aus dem Haus der Slatapers trat. Er verabschiedete sich von den Töchtern und ging zu seinem Wagen.

Soweit Kost aus der Entfernung sehen konnte, sah er nicht besonders glücklich aus. Das Gespräch mit den Erbinnen war augenscheinlich nicht nach seinem Geschmack gelaufen. Kost vermutete, dass die Töchter, genauso wie ihre Mutter, nicht an den Amerikaner verkaufen wollten. Das konnte Lord nicht gefallen.

Aus der Deckung des Walnussbaums beobachtete sie, wie Lord telefonierte. Vermutlich informierte er seine Geschäftspartner über den Fehlschlag. Die Frage war: Was würden die, beziehungsweise Lord, nun tun?

*

Die blöden Weiber waren stur wie Esel. Unter Tränen hatten sie sich geweigert, das Weingut zu verkaufen. Genau wie für ihre Mutter kamen für sie amerikanische Investoren nicht in Frage. Selbst sein Einwand, dass sie auf viel Geld verzichten würden, hatte diese zimperlichen Vollwaisen nicht überzeugt.

Lord sah zwar schwarz, was diese Transaktion anbelangte, aber er wollte noch eine letzte Möglichkeit ausloten, sonst könnte er die hohe Provision und seinen vorgezogenen Ruhestand gleich abschreiben.

Noch auf dem Hof der Slatapers wählte er die Nummer seines direkten Kontrahenten. Über Treibach wusste Lord bestens Bescheid. Er hatte die Information erhalten, dass sich der Typ in Duino aufhielt.

„Treibach", meldete sich der Steuerberater. „Mit wem habe ich das Vergnügen?"

„Mein Name tut im Moment nichts zur Sache. Aber wir sollten uns treffen."

„Sie scherzen, lieber Mann. Warum sollte ich das tun, wenn ich nicht weiß, wer Sie sind?"

Lord beschloss, direkt zur Sache zu kommen. „Ich kann Ihnen zu Ihrem Weingut verhelfen."

Am anderen Ende der Leitung war es still.

Dann erwiderte Treibach: „Von welchem Weingut sprechen Sie?"

„Das der Slatapers."

„Woher wollen Sie wissen …?"

„Shut up!" Lord verlor die Geduld. „Ich weiß über Willkens, Sie und ihr Interesse an dem Gut Bescheid. Und Sie sollten zur Kenntnis nehmen, dass Sie ohne meine Hilfe, ihren Deal vergessen können. Ich vertrete Slatapers Erben und handle als eine Art Vermittler. Lassen Sie uns also über die Konditionen sprechen. Aber nicht am

Telefon. Ich schicke Ihnen per SMS den Treffpunkt für ein Gespräch von Mann zu Mann."

Lord hörte Treibach schwer atmen. Es vergingen einige Sekunden, bis er antwortete. „Sie bluffen."

„Sind Sie sicher? Es ist Ihre Entscheidung. Ich bin in einer dreiviertel Stunde am Treffpunkt und ich werde nicht länger als dreißig Minuten auf Sie warten." Lord beendete das Gespräch. Schnell tippte er den Treffpunkt ein und schickte ihn an Treibachs Handy.

Bevor er sich aufmachte, musste er noch diese lästige bitch loswerden. Ihm war nicht verborgen geblieben, dass ihn Montus Freundin vor seinem Hotel abgepasst hatte. Sie war ihm bis nach San Floriano del Collio in einem blauen Fiat 500 gefolgt.

Bis dato war ihm das egal gewesen. Diese Kost wusste aufgrund des Treffens in Grignano, dass er Kaufgespräche mit den Erbinnen zu führen hatte. Aber mit Treibach wollte er unbedingt ohne lästige Zeugin sprechen.

Lord blickte zu dem Nussbaum hinüber, hinter dem er den Fiat zuletzt gesehen hatte. Er war verschwunden.

Ausgezeichnet, dachte Lord. *Sie hat sich von meinen Absichten überzeugt und ist danach abgezogen.*

Plötzlich hatte sie das mulmige Gefühl, dass Lord von ihrer Anwesenheit wusste. Sie Idiotin war sich zu sicher gewesen. So was konnte schnell mal schiefgehen.

Kost überlegte, was zu tun war. Sie entschloss sich, auf volles Risiko zu gehen. Sie vermutete, dass Lord den gleichen Weg zurücknehmen würde, den er gekommen war. Sie würde vorfahren und nach der Autobahnabfahrt in Duino auf ihn warten.

In Duino kannte sie sich inzwischen ein wenig aus. Auf einem freien Platz, unweit der Ausfahrt, stand wochentags ein LKW, auf dessen Ladefläche große Pflanzen in Kübeln zum Verkauf angeboten wurden. Hinter LKW und Pflanzen war ihr kleiner Wagen von der Straße, die zur Costiera führte, bestimmt nicht auszumachen. Dort würde sie auf gut Glück warten. Gewagt, aber wagemutig.

Sistiana

Er fuhr auf den Parkplatz vor dem Informationsbüro für Touristen. Dieses war, wie meistens, geschlossen.

Unweit davon befand sich der Einstieg in den Rilkeweg; laut Internet ein etwa zwei Kilometer langer Wanderweg oberhalb der Adria, der von Sistiana nach Duino führte. Am Vormittag würden dort kaum Wanderer anzutreffen sein und somit war hier ein guter Ort, um vertrauliche Gespräche zu führen.

Lord stieg aus dem Mercedes, kontrollierte den Sitz seiner Pistole, schaute auf seine Uhr und wanderte los.

Treibach würde schätzungsweise um die gleiche Uhrzeit von Duino aus starten und so würden sie sich etwa in der Mitte des Weges treffen.

*

Es ging auf Mittag zu und es wurde unerträglich heiß im Wagen. Sie ärgerte sich, dass er keine Klimaanlage besaß. Gut, dass sie zumindest eine große Flasche Acqua Minerale mitführte. Sie öffnete die Wagentür und goss sich etwas Wasser über die Handgelenke. Aus den Augenwinkeln sah sie eine große Limousine um die Kurve kommen.

Sie hatte richtig spekuliert. Lords Wagen passierte die Stelle zwischen Duino und Sistiana, wo sie sich verborgen hielt, etwa 10 Minuten nach ihr.

Sie wartete zwei Autos ab, die an ihr vorbeifuhren und fädelte sich dann in den Verkehr ein. Was sie nicht erwartet hatte, war, dass Lord statt den Weg nach Triest einzuschlagen auf dem Parkplatz der Fremdeninformation oberhalb der Bucht von Sistiana parkte.

Sie fuhr an dem Parkplatz vorbei, hoffte, dass Lord sie nicht bemerkte, lenkte ihr Auto in die Ortsmitte Sistianas und nutzte die nächste Gelegenheit, um zu wenden. Dann näherte sie sich in gemächlichem Tempo erneut dem Parkplatzt, auf dem Lords Wagen stand.

Als sie die Stelle erreichte, war der Mercedes noch da, aber Lord verschwunden. Sie chauffierte ihren Fiat nach weiteren 400 Metern an den Straßenrand, wo sie ihn abstellte, dann ging sie zurück und schaute sich um. Lords Auto war leer. Sie war sich ziemlich sicher, dass sich Lord zum Rilkeweg begeben hatte. Alle anderen Möglichkeiten schloss sie aus, da sie ihn sonst bei ihren Vorbeifahrten hätte sehen müssen.

Sie entschied sich, auf dem Rilkeweg nachzusehen. Wegen der Ballerinas, die sie trug, vorsichtig und mit gebührendem Respekt, denn der Weg war eher ein steiniger Pfad.

Während sie lief, erinnerte sie sich, dass sie ihre letzte Judostunde vor mehr als einem Jahr absolviert hatte. Zu dumm!

Er erkannte ihn sofort, denn er hatte sich Fotos auf Treibachs Webseite angeschaut. Der Steuerberater lehnte an einem Geländer aus Holz, dass die Wanderer vor einem Absturz schützen sollte. An dieser Stelle wand sich der Weg weit über dem Meer über die Felsen.

Der Blick auf die Adria war atemberaubend.

Nur hatte Lord kein Auge für die Natur. „Herr Treibach, nehme ich an“, begrüßte er den anderen Mann.

„Korrekt. Und wer sind Sie?“, entgegnete Treibach, der ihn argwöhnisch musterte.

Seinen Namen konnte er ruhig preisgeben, es war nicht sein richtiger. „Ich heiße Lord, Jim Lord.“

„Wie komme ich zu der Ehre, Sie hier oben zu treffen? Sicher nicht wegen des Ausblicks.“ Treibach blickte sich um. Ihm war die Angelegenheit offensichtlich nicht geheuer.

„Wie ich schon am Telefon sagte, habe ich Ihnen einen interessanten Vorschlag zu machen. Big Business ist für Sie ja kein Fremdwort.“ Lord grinste. Seine Krawatte flatterte im Wind. Er lockerte den Knoten, nahm sie ab und steckte sie in die rechte Seitentasche seines Jacketts.

„Sie kommen also gleich zur Sache.“ Treibachs Gesicht war gerötet. Entweder wegen des Fußmarsches hier herauf oder wegen seiner Nervosität.

Lord war der Grund egal. „Wir sollten keine Zeit verlieren. Time is money.“ Er tastete nach seiner Waffe. Er wollte, dass Treibach es sah.

Treibachs Augen weiteten sich. Der Schreck stand ihm ins Gesicht geschrieben. Lord kannte diese Situation. Das war wie bei der Schlange und der Maus. Dem Opfer war es unmöglich zu fliehen.

Nach einer Pause sagte er: „Sagen Sie, was Sie zu sagen haben.“ Treibach nahm ein Taschentuch aus seiner Hosentasche und wischte sich den Schweiß von der Stirn.

„Wie ich weiß, sind Sie an dem Weingut Slataper interessiert. Streiten Sie es erst gar nicht ab. Ich weiß Bescheid.“

„Wenn Sie es sagen“, entgegnete Treibach. Er machte jetzt einen gefassteren Eindruck.

„Was Sie nicht wissen ist, dass es sich bei meinem Auftraggeber um eine finanzstarke amerikanische Bank handelt. Sie ist sehr an dem Erwerb des Weinguts interessiert und hat mich engagiert, um den Kauf abzuwickeln."

„Und wieso haben Sie mich dann kontaktiert?" Treibach steckte das Taschentuch wieder ein, obwohl der Schweiß weiter über sein Gesicht strömte.

„Der Tod des Winzerehepaares wird zu einigen Komplikationen führen, was die Transaktion deutlich verzögern könnte. Ich habe mit den Töchtern allerdings schon gesprochen und bin in der Lage, die Verhandlungen zu beschleunigen."

„Und da kommen Sie zu mir? Ich bin doch Ihr Konkurrent." Treibach wurde neugierig.

„Well. Sagen wir es einmal so: Für eine gewisse Gebühr bin ich bereit, aus dem Rennen auszusteigen. Und ich gehe noch weiter. Gegen eine entsprechende Kompensation würde ich Ihnen nicht nur den Vortritt beim Kauf lassen, sondern auch ein gutes Wort für Sie bei den Erbinnen einlegen. Wir hätten eine Win-Win-Situation."

Treibach runzelte die Stirn. „Wie hätte ich mir das vorzustellen?"

„Ich könnte gegenüber meinem Auftraggeber erwähnen, dass nach meinen Sondierungen eine Investition in diese verlassene Region eine Fehlinvestition darstellen würde. Ich würde also der Bank abraten zu kaufen und Slatapers Töchtern empfehlen, an Sie zu verkaufen. Letztlich halte ich alle Fäden in der Hand und kann mit diesen nach Belieben spielen. Andernfalls könnte ich meinem Auftraggeber mitteilen, dass jeder Preis für das Weingut gerechtfertigt ist. Sorry, ich glaube nicht, dass Sie mit der Finanzstärke einer amerikanischen Bank mithalten können."

„Und was würde mich Ihre Liebenswürdigkeit in diesem Fall kosten?" Treibach hatte aufmerksam zugehört. Er hatte nicht das erste Mal mit

Erpressung zu tun. Nur meistens saß er am anderen Ende des Hebels.

„Ich halte 250.000 Dollar für angemessen. Dann hätten Sie freie Bahn." Wieder lächelte Lord.

„Mann! Das ist aber verdammt viel Geld." Treibach griff erneut nach seinem Taschentuch.

„Liegt bei Ihnen." Lord pokerte hoch. Das war ihm klar. Aber vermutlich war das seine letzte Chance an seine Provision zu kommen. Doch der Steuerberater zögerte. Als Lord begann, an der Höhe seines Einsatzes zu zweifeln, sagte Treibach: „Dafür brauche ich Bedenkzeit."

Lord atmete innerlich auf. „Kein Problem. Rufen Sie mich spätestens morgen früh an und teilen Sie mir mit, wie Sie sich entschieden haben. Ansonsten ist unser Deal gestorben."

✶

Irgendwie fand sie es nicht überraschend, Maximilians Steuerberater im Gespräch mit Lord zu sehen. Treibach hatte anscheinend tatsächlich ein gesteigertes Interesse an Slatapers Weingut.

Aus ihrem Versteck im dichten Buschwerk des Rilkeweges – hoffentlich hatte sie sich keine Zecke eingefangen – verfolgte sie das Gespräch der beiden Männer. Kost wurde bewusst, dass Lord ein riskantes Spiel spielte. Er versuchte offensichtlich für eine Viertelmillion seine Auftraggeber gegen Treibach auszuspielen. Lord war ein eiskalter Hund.

Sie entschied sich, zum Parkplatz zurückzukehren und dort Lord an seinem Wagen abzupassen. Es wurde Zeit, ein ernstes Gespräch mit dem Amerikaner zu führen. Und das wollte sie lieber an einer befahrenen Straße als auf einem einsamen Wanderweg machen.

✶

Auf dem Rückweg zu seinem Mercedes hatte er ein ganz mieses Gefühl.

Während seiner Unterhaltung mit Treibach, hatte er sich nicht des Eindrucks erwehren können, beobachtet zu werden. Er war jedoch zu sehr auf Treibach konzentriert gewesen, als dass er den Aufwand hätte betreiben wollen, nachzusehen. Schließlich hatte er nichts Illegales getan. Gleichwohl, geheime Treffen sollten auch vertraulich bleiben.

Er konzentrierte sich auf den Pfad vor sich. Auf dem weißen Gestein konnte man schnell ausrutschen.

Als er aus dem Pinienwald, der an den Rilkeweg grenzte, trat, wurde im klar, was ihn so beunruhigt hatte.

*

„Hallo, Mister Lord", rief Kost dem Amerikaner zu, als er auf sie zukam. „Was für ein Zufall, Sie hier zu treffen." Sie setzte ihr schönstes Lächeln auf und stellte sich vor die linke Autotür des Mercedes. Sie hoffte, Lord daran hindern zu können, wortlos einzusteigen und davonzufahren.

„Zufall definiere ich anders", gab Lord zurück. Nicht nur sein akzentfreies Deutsch war beeindruckend. Der Mann glich einem Eisblock.

Kost fröstelte. Sie sagte: „Meine Freundin, Frau Baumrot, würde darauf wahrscheinlich antworten, dass der Zufall ein von Menschenhand generiertes Schicksal ist." Sie reduzierte ihr Lächeln zu einem angedeuteten Grinsen.

„Unser Aufeinandertreffen wurde also von Ihrer Hand geplant."

„Da liegen Sie richtig. In unserm gestrigen Gespräch sind einfach zu viele Punkte offengeblieben." Jetzt machte Kost ernst. Sie ging zur Attacke über und vertraute darauf, dass Lord in der Öffentlichkeit nicht gleich seine Waffe ziehen würde, um sich ihrer zu entledigen.

Doch Lord blieb ganz gelassen. Er war etwa einen halben Meter vor ihr stehengeblieben. Er sah sie direkt an. „Wie meinen Sie das?" Seine Stimme klang gelangweilt. „Vielleicht hatten Sie gestern einfach zu viel getrunken und haben das ein oder andere vergessen."

„Sie können mir dann sicher behilflich sein, meine Lücken zu schließen. Zum Beispiel ist mir nicht klar, woher Sie von Maria Slatapers Selbstmord wussten. Das mit ihrem italienischen Freund können Sie doch nicht mal Ihrer Grandma erzählen."

Zu Kosts Überraschung antwortete Lord: „Well. Sie haben Recht. Das war eine läppische Ausrede. Ich wollte meinem Partner aus der Klemme helfen, in die er sich gequatscht hatte."

„Wie habe ich das zu verstehen?", hakte Kost nach.

„Verraten Sie mir höflicherweise, warum ich Ihre Frage beantworten sollte. Ich frage mich schon die ganze Zeit, was Sie das angeht?" Lord sah sie schief an. Es sah aus, als hätte er Mitleid mit ihr.

Sollte Kost die Katze aus dem Sack lassen? Würde die Erwähnung ihrer Tätigkeit bei der Kripo Köln an dieser Stelle nützlich oder im Gegenteil tödlich sein?

Sie entschied sich dafür, ihre Profession zu verschweigen und improvisierte. „Mein Freund und ich sind gute Bekannte des Winzers Mino Urban, der wiederum mit dem Ehepaar Slataper eng befreundet war. Sagen wir mal, ich habe ein persönliches Interesse." Hoffentlich würde Lord ihr das abkaufen.

„Okay. Sagen wir mal, ich glaube Ihnen", erwiderte Lord. Sein Sarkasmus war nicht zu überhören. „Mein Partner Upper hat Maria Slatapers Leiche auf dem Weingut entdeckt, als er mit ihr noch mal über den Verkauf sprechen wollte."

„Wow! Das ist ja mal eine ehrliche Antwort." Kost konnte ihre Überraschung nur schwer verbergen. „Warum hat Herr Upper nicht den Notarzt gerufen?"

„Da kann ich nur Vermutungen anstellen. Vielleicht wusste er, dass jede Hilfe zu spät gekommen wäre und wollte als Ausländer nicht in die Ermittlungen der italienischen Polizei hineingezogen werden. Zurzeit haben wir Amerikaner ja nicht den besten Ruf in der Welt. Oder er stand ganz einfach unter Schock. Aber fragen Sie ihn mal lieber selbst."

„Und das teilen Sie mir alles so nonchalant mit. Sie scheinen kein Freund von Herrn Upper zu sein."

„Sie wollten doch die Wahrheit wissen. Was Sie damit anfangen, ist Ihre Angelegenheit. Und nun seien Sie so freundlich und lassen mich zu meinem Wagen. Ich habe wahrlich Besseres zu tun, als einer deutschen Touristin die Welt zu erklären." Lord machte einen Schritt auf sie zu.

Kost trat zur Seite. Ihr war bewusst, dass Lord sehr genau einzuschätzen wusste, was in ihrem Kopf vorging. Der Typ war nicht dumm. Würde sie jetzt weiter bohren, bestand die Gefahr, dass die Situation eskalierte. Das wollte Kost ohne ihre Dienstwaffe nicht riskieren.

Köln

Treibach bat ihn um eine höhere finanzielle Beteiligung. Er war im Friaul und offensichtlich gab es Schwierigkeiten.

„Ich überlege es mir", sagte Maximilian und beendete das Telefongespräch.

Er saß in der Stille seines Ateliers und betrachtete das abstrakte Bild, das er vor Kurzem geschaffen hatte. In seinem Kopf begann es zu arbeiten. Treibach hatte unerwartete Erwerbsnebenkosten als Grund für die höhere Beteiligung genannt. Er traute seinem Steuerberater nach wie vor, aber er wollte sich gar nicht ausmalen, was Paula dazu sagen würde, wenn er sein Engagement in Italien aufstockte. Malen würde er nach diesem weiteren Geständnis mit hoher Wahrscheinlichkeit nicht mehr können. Paula würde ihm nämlich den Kopf abreißen. Er kannte das Temperament seiner Geliebten.

Paulas spezielle Art war aber auch der Grund gewesen, warum sie zusammengekommen waren. Ihre impulsive Ader hatte sich für seine Kreativität als Hauptschlagader herausgestellt. Also sollte er nicht zu sehr klagen.

Für Treibachs Geldprobleme würde er ebenfalls eine kreative Lösung finden. Beherzt stand er auf, aber im gleichen Moment übermannte ihn das Gefühl, dass er als hoffnungsloser Optimist sterben würde.

Collio

Die Trattoria da Sirk galt als eins der besten Restaurants der Region. Es lag auf einem kleinen Hügel vor der Stadt Cormons und war über die Landesgrenzen berühmt.

Ihr Lebensgefährte hatte die Reservierung schon vor Wochen vorgenommen. Es sollte der kulinarische wie romantische Höhepunkt ihrer Reise ins Friaul werden.

Daraus wurde nichts. Johannes hatte es geschafft, auch für Dieter einen Platz zu ergattern. Und so saßen sie nun zu dritt in diesem wunderbaren Genusstempel, verzehrten ein extravagantes, nur aus regionalen Zutaten bestehendes Menü und delektierten sich an einer großartigen Flasche Capo Martino von Jermann. Der Genuss war Johannes anzumerken.

Dora hingegen sagte: „Heute schmeckt es mir nicht so richtig."
Die drei gewaltsamen Tode schlugen ihr auf den Magen. Auch die
Konfrontation mit Lord hatte Einfluss auf ihre Magensäurepro-
duktion gehabt. „Mir kommt die Galle hoch, wenn ich an Lord
denke."

„Säure regt eigentlich den Appetit an", meinte Johannes.

Sie ging nicht weiter auf seinen Kommentar ein und gab in wesent-
lichen Zügen wieder, was Lord getan und gesagt hatte.

Dieter verzog das Gesicht. „Verdammter Mist. Wir hätten Upper
davon abhalten sollen, Italien heute zu verlassen." Er schob sich
einen Bissen Pasta in den Mund.

Die beiden Männer waren dem Sommelier bis zum Flughafen
gefolgt, wo er eine Maschine nach München genommen hatte.

Johannes hatte ganz andere Sorgen. „Verdammt noch mal, Dora,
es hätte wer weiß was passieren können. Wie kann man nur so
dumm sein, sich einem Typen wie Lord in den Weg zu stellen?"
Er setzte sein leeres Weinglas auf der blütenweißen Tischdecke ab
und schenkte sich Weißwein nach.

„Ich hatte die Situation jederzeit unter Kontrolle", entgegnete
Dora. „Du anscheinend nicht." Sie beäugte sein Glas mit kriti-
schem Blick.

„Und du hättest dich kontrolliert abknallen lassen. Wenn es ein
nächstes Mal gibt, und ich hoffe, das gibt es nicht, werde ich dich
begleiten", erklärte Johannes und nahm einen weiteren Schluck.

„Ein alkoholisierter, leicht übergewichtiger Restaurantkritiker als
Bodyguard. Herzlichen Glückwunsch! Der schlägt natürlich jeden
Angreifer in die Flucht." Dora grinste.

„Sei nicht so aufmüpfig, Dora", mischte sich Dieter ein. „Johannes
meint es nur gut. Hör' ausnahmsweise mal auf deinen Lover."

„Schon gut", sagte Dora. „Aber was haltet ihr von Lords Reaktion?"

„Er hat Upper sauber in die Pfanne gehauen. Das muss ich sagen", antwortete Dieter mit vollem Mund.

„Höchst merkwürdig", bemerkte Johannes.

„Ich halte das für ein Ablenkungsmanöver", stellte Dora fest. „Lord ist in die Todesfälle stärker involviert, als er bereit ist, zuzugeben. Aber Upper ist jetzt der Sündenbock. Wenn ihr mich fragt, ist das für Lord eine elegante und saubere Lösung. Viele Details lassen sich jetzt wunderbar zusammenfügen." Dora kaute lustlos auf einem Stück Wildschweingulasch.

„Du vermutest, dass Lord Willkens und die beiden Slatapers gekillt hat?", hakte Dieter nach.

„Kaltblütig genug ist er", erwiderte Dora. „Allerdings stellt sich bei dieser Hypothese die Frage, ob er allein oder im Auftrag gehandelt hat."

Dieter machte ein nachdenkliches Gesicht. „Würde eine amerikanische Bank einen Mord bestellen?"

„Ich denke, dass Lord lediglich den Auftrag hat, alles für einen erfolgreichen Abschluss der Transaktion zu unternehmen. Wie weit er dabei gehen will, liegt wahrscheinlich in seinem eigenen Ermessen. Der Bank ist so im Zweifelsfall nichts anzukreiden", erläuterte Dora.

„Hört sich nach einem dreckigen Spiel an." Johannes schüttelte den Kopf und spülte seinen Frust mit einem Schluck Wein runter.

„Wir sollten uns zunächst auf Lord konzentrieren", sagte Dora. Sie legte ihr Besteck neben den halbvollen Teller. „Treibach und Upper dürfen wir dabei aber nicht vergessen. Aus ihrem übersteigerten Interesse an Slatapers Weingut ergibt sich auch für sie das ein oder andere Mordmotiv."

„Denkbar", nuschelte Dieter.

Bucht von Grignano

Der Bourbon aus der Minibar brannte in seiner Kehle. Den hatte er gebraucht.

Shit, diese Kost war hartnäckig. Definitiv Bulle. Seine Erklärungen zu Uppers Verhalten würden sie nicht lange davon abhalten, auf ihn loszugehen. Diese Frau hatte ihn ins Visier genommen. Es lief auf ein Duell zwischen ihr und ihm hinaus. Das sagte ihm seine professionelle Nase.

Lord war in seinem Hotelzimmer und packte die wenigen Habseligkeiten in einen Reisekoffer. Er plante am nächsten Morgen, nach seinem Gespräch mit Treibach, abzureisen. Sein neuer Wagen war aufgetankt.

Er wollte Kost keine weitere Angriffsfläche bieten. Aus den Augen, aus dem Sinn. Hieß das Sprichwort nicht so?

Er hatte sich überlegt, Upper nach Köln zu folgen. Das war die einfachste Lösung. In der Nähe von Köln kannte er einen diskreten Unterschlupf. Sollte Treibach auf seinen Bluff eingehen, würde er ihm seine Kontonummer in Shanghai geben und in seinem Versteck in aller Ruhe auf das Geld warten. Weit entfernt von Norditalien. *Was man so in Europa weit weg nennt*, dachte Lord.

Duino

Es war eng, zu eng für seinen Geschmack. In seinem kleinen Einzelzimmer unter dem Dach der Villa Goethe sah er sich drei Männern und einer Frau gegenüber. Sie müssten ihn dringend sprechen, hatten sie gesagt, als sie ihn überrumpelten und den Raum fluteten. Es sei überlebenswichtig für ihn, hatten sie beteuert, als sich jeder eine Sitzgelegenheit suchte. Selbst das Klimastandgerät musste dafür herhalten. Es war acht Uhr morgens und er noch im Morgenmantel.

Drei der vier Personen kannte er flüchtig. Die Kripobeamtin Dorothea Kost, Johannes Montus und Dieter Schmitz waren Bekannte von Maximilian von Lofte. Die vierte, ein gewisser Mino Urban, angeblich ein einheimischer Winzer, war ihm fremd.

„Interessiert es Sie, von wem wir Ihre Adresse in Italien haben?", fragte Kost und lächelte ihn an. Ein gefährliches Lächeln.

„Keinen Schimmer", antwortete Treibach und gähnte, obwohl er es sich denken konnte.

„Ihr Klient, Herr von Lofte, war so nett, sie uns mitzuteilen", sagte Kost.

Treibach kratzte sich am Ohr. „Na und? Mein Aufenthalt in Italien ist kein Staatsgeheimnis. Oder wollten Sie etwas in diese Richtung andeuten?"

„Nein, natürlich nicht und Entschuldigung, dass wir Sie so früh stören müssen. Aber wir ermitteln in diversen Mordfällen", fuhr Kost fort. Ihr Gesicht war ungeschminkt und wirkte sehr ernst.

Treibach fühlte sich unwohl in seiner Haut. Dennoch blieb er geistesgegenwärtig. „Sind Sie in Italien überhaupt zuständig?"

„Wir sind in eigener Sache unterwegs. Herr Urban war mit dem toten Winzerpaar eng befreundet. Deshalb bat er darum, uns begleiten zu dürfen."

„Und was habe ich damit zu schaffen?" Treibach hätte sich ohrfeigen können. Natürlich wussten die Herrschaften durch von Lofte Bescheid.

Zur Bestätigung antwortete Kost: „Wir wissen, dass Sie Interesse an dem Kauf des Weinguts Slataper haben. Deshalb sind Sie hier. Allerdings sind die Slatapers tot. Haben Sie schon mit den Erbinnen über den Kauf gesprochen?"

Treibach zögerte mit der Antwort. „Ich habe gestern Abend mit Chiara Slataper telefoniert", sagte er schließlich. „Es geht Sie eigentlich nichts an, aber die Töchter ziehen ernsthaft in Betracht, an mich zu veräußern."

Treibach reckte das Kinn nach vorne. Er war mit seinem Verhandlungsgeschick sehr zufrieden gewesen. „Wir haben auch schon einen Preis festgelegt. Ich fliege heute noch nach Deutschland zurück, wohin mir der Vertragsentwurf nachgeschickt wird. Den Rest kann ich von Zuhause erledigen."

„Dürfen wir dann erfahren, weshalb Sie gestern Jim Lord zu einem Gespräch getroffen haben?", fragte Kost. Ihre Augen strahlten Eiseskälte aus.

„Wen soll ich getroffen haben?", fragte Treibach. Er wollte Zeit gewinnen.

Kost insistierte: „Herr Treibach, wir wissen definitiv von diesem Treffen. Wir wissen auch, was Sie abgemacht haben. Hat Ihnen Lord nicht ein dubioses Geschäft vorgeschlagen, für das er sehr gut bezahlt werden will?"

Treibachs Körperspannung ließ etwas nach. „Sie sind ja exzellent informiert. Haben Sie das von Lord?" Er gab sich selbst die Antwort: „Vermutlich. Ich frage mich nur, was das soll? Ich habe ihm noch nicht mitgeteilt, dass er mich am Arsch lecken kann. Der wollte mich mit seinem Angebot voll über den Tisch ziehen. Aber so leicht lässt sich ein Treibach nicht hinters Licht führen. Das Telefonat mit Chiara Slataper hat mir die Augen geöffnet. Lord hat mich dreist belogen."

Kost runzelte die Stirn. „Könnten Sie mir einen Gefallen tun?", fragte sie.

„Kommt drauf an."

„Rufen Sie doch bitte Lord an und erzählen ihm, dass Sie noch vierundzwanzig bis achtundvierzig Stunden benötigen, um das Geld aufzutreiben. Halten Sie ihn hin."

„Wieso sollte ich das tun?" Treibach bekam Oberwasser. Jetzt brauchten sie seine Kooperation.

„Wenn Sie ihm absagen, besteht die Gefahr, dass Lord auf Nimmerwiedersehen verschwindet." Kost linke Augenbraue zuckte leicht.

„Und wenn ich ihm in zwei Tagen die schlechte Nachricht überbringe, ist er richtig sauer. Der Typ ist gefährlich. Das können Sie nicht verlangen." Treibach schüttelte den Kopf.

„Sie sagen ihm einfach, dass Ihre Investoren abgesprungen sind und Sie das Geld nicht beschaffen können. Was soll er dann schon machen?", soufflierte Schmitz.

„Sie würden uns einen großen Gefallen tun", ergänzte Kost.

„Okay." Treibach seufzte. „Ich tue es. Weil Sie Freunde von Herrn von Lofte sind."

„Weshalb auch immer." Auf Kost Gesicht erschien ein angedeutetes Lächeln. Auch Montus nickte freundlich. Nur der Winzer saß versunken auf der Klimaanlage und machte den Eindruck, als hätte sein Geist den Raum schon verlassen.

Collio

Die Mittagssonne brannte auf seinem Kopf. Dennoch tat Mino das Arbeiten im Weinberg gut. Er schritt seine Weinstöcke ab, die wie an einer Schnur gezogen in Reihen bis zum Horizont reichten. Alle paar Meter nahm er sich eine Weintraube und probierte sie. Der Schioppettino entwickelte sich prächtig.

Dennoch schweiften seine Gedanken ab. Wenn er Dora richtig verstanden hatte, war Lord ihr Hauptverdächtiger, was Maria betraf.

In diesem Fall war Lord ein toter Mann. Maria war seine Seelenverwandte gewesen, und jeder, der ihr Leid antat, tat das auch ihm an. Sie waren nie ein Liebespaar gewesen. Maria war deutlich älter als er, und er selbst liebte seine Frau über alles. Aber Maria war seine Schwester im Geiste und der einzige Mensch gewesen, dem er außerhalb seiner Familie hundertprozentig vertraut hatte. Deshalb wollte er mit Lord von Mann zu Mann sprechen. Er würde die Wahrheit aus dem Amerikaner schon herausbekommen. Notfalls mit Gewalt.

Allerdings gab es da ein kleines Problem. Dora hatte kurz nach Treibachs Telefonat mit Lord in dessen Hotel in Grignano angerufen, um Lord zu einem weiteren Treffen zu bewegen. Aber wie Dora vom Concierge erfahren hatte, war Lord von einer Minute auf die andere abgereist. Sie wussten nicht, wohin. Das machte alles komplizierter.

Um sich abzureagieren, beschnitt er nun bei 40 Grad im Schatten Rebstöcke.

SECONDO PIATTO

Aeroporto di Trieste-Ronchi dei Legionari

Seine Maschine war über eine Stunde verspätet.

Treibach saß an einer Bar am Flughafen und schlürfte einen Espresso nach dem anderen. Er hatte Lord im Beisein von Kost und ihren Männern angerufen und ihn, wie besprochen, vertröstet. Lord war gar nicht begeistert gewesen, hatte aber eingelenkt. 32 Stunden hatte er ihm gegeben.

Er war froh, dass die Kripobeamtin in seinem Hotelzimmer nicht auf Maria Slatapers Selbstmord zu sprechen gekommen war. Er hatte das Bild noch vor Augen und er bekam davon Panikattacken.

Wenn Kost gewusst hätte, dass er bei Maria Slataper gewesen war, hätte sie ihn aller Wahrscheinlichkeit nach gleich in Handschellen abgeführt. Wie hätte er auch seine Anwesenheit neben einer Leiche im Olivenbaum erklären sollen? Er hätte auf jeden Fall Probleme bekommen. Dementsprechend schätzte er seine Situation vorsichtig optimistisch ein.

Gleichwohl musste er sich um einen Ersatz für Willkens kümmern. Er brauchte einen erfahrenen Winzer, um seine Pläne umzusetzen. Zum Glück kannte er einen geeigneten Mandanten in Dernau an der Ahr, den er zuweilen im Auslandssteuerrecht beriet. Ludwig Nagel hatte Erfahrung mit Joint Ventures in Portugal, Oregon und

Südafrika. Er würde Nagel ein Angebot machen, dass unwiderstehlich wäre. Und sehr bald würde Treibach im Geld schwimmen. Wie Dagobert Duck.

Tauern Autobahn

Die Straßen waren frei. *Vielleicht liegt das an der Mautgebühr,* dachte er.

Das würde sich erst kurz vor der deutsch-österreichischen Grenze beim Übergang nach Deutschland ändern. Lord hielt sich an die Geschwindigkeitsbegrenzungen. Er wollte nicht auffallen.

Diesem Idioten, Treibach, hatte er 32 Stunden gegeben, die Kohle zu beschaffen. Lord würde die Zeit bei Köln absitzen und dann untertauchen. Eine sonnige Insel in der Karibik würde ihm gefallen. Er träumte vom Angeln, schönen Frauen und gutem Bourbon.

Er war sich nur nicht sicher, ob Treibach ihn an der Nase herumführte. Hoffentlich konnte der Kerl bezahlen. Alles andere würde ihm schlecht bekommen. Soviel stand schon mal fest.

Bensberg

Ein Zimmer im Bensberger Schlosshotel war für ihn unerschwinglich. Aber sein Chef war mit dem Chefkoch des Vendange befreundet und so kam er zu einem Spitzenpreis in den Genuss eines luxuriösen Aufenthalts. Inklusive Zimmerservice.

Upper bewunderte die Lage und das Ambiente des Hotels. Schon sehr lange hatte er sich nicht so wohl gefühlt. Er lag mit dem Rücken auf seinem Bett, neben sich eine Flasche Chardonnay vom Weingut Kollwentz aus Österreich und dachte über die vergangenen Tage nach.

Der Erwerb eines eigenen Weinguts war in weite Ferne gerückt. Die Produktion eines Spitzenmerlots in Norditalien musste er sich abschminken. Da war er Realist. Sein immenser Einsatz wurde zwar nicht belohnt, aber er konnte froh sein, dass er da so gut rausgekommen war. Nur Maria Slataper besuchte ihn noch in seinen Alpträumen. Er nahm einen kräftigen Schluck des Chardonnays.

Wo würde er jetzt ein anderes geeignetes Weingut finden? Er wusste es nicht. Nur eins war ihm absolut klar. Er würde nie wieder mit einem wie Jim Lord zusammenarbeiten.

Collio

Johannes sah Mino auf den Pool zukommen, an dem Dora und er eine Montecristo No 2 rauchten. Wenn Dora eine solch starke Zigarre konsumierte, verhieß das nichts Gutes. In ihr musste es gewaltig rumoren. Dass sie Lord verloren hatten, machte die Sache nicht besser.

Mino baute sich vor ihren Liegen auf, gestikulierte wild mit den Händen und teilte ihnen auf diese Weise die neuesten Nachrichten seines Bekannten und Informanten bei der Polizei mit: „Ich wusste es: Die Polizia hat Marias Fall als Suizid zu den Akten gelegt."

Doras Kommentar war eindeutig: „Quatsch!" Sie stieß eine dicke Rauchwolke aus.

„Das ist doch idiotisch", sagte Mino. „Die Ermittler haben ja nicht einmal einen Abschiedsbrief gefunden."

„Die gehen davon aus, dass Marias tiefe Trauer eine Affekthandlung nach sich gezogen hat", erklärte Dora.

„Aber es wurde ein Küchenmesser in der Nähe der Leiche im Gras gefunden. Das muss doch etwas zu bedeuten haben", sagte Mino.

Johannes räusperte sich. „Wies Marias Leiche denn Schnittwunden auf?"

„Davon hat mein Bekannter nichts gesagt. Das Messer soll sauber gewesen sein", erklärte Mino. „Es war eines ihrer Küchenmesser. Vielleicht wollte sie sich verteidigen."

„Solange es keine Kampfspuren gibt, vermutet die Polizei sicher keinen Zusammenhang mit dem Todesfall", sagte Dora.

„Was gibt es eigentlich Neues im Zusammenhang mit den ersten beiden Morden an Willkens und Alessio Slataper?", fragte Johannes. Darüber hatte Mino noch kein Wort verloren.

„Auftragsmord, keine verwertbaren Spuren, allgemeine Hilflosigkeit der Polizia." Mino schien nicht viel von der italienischen Polizei zu halten.

„Es gibt mit großer Wahrscheinlichkeit eine Verbindung zwischen den beiden Taten." Dora schien sich in diesem Punkt sicher zu sein.

„Ich sagte ja schon, die Mafia als Initiator kannst du vergessen. Alle Geschehnisse haben mit dem geplanten Verkauf des Weinguts zu tun." Sie zog an ihrer Zigarre.

„Und du hältst Lord für den Täter?", fragte Johannes.

Dora stieß den Rauch in Ringen aus, dann sah sie Johannes an und sagte: „Im Moment ist er meine erste Wahl."

„Willkens und Alessio hat er demnach umgebracht, weil sie handelseinig waren, und Maria, weil sie nicht an die Amerikaner verkaufen wollte", rekapitulierte Johannes.

„Hört sich absolut logisch an", bestätigte Mino, der immer noch vor ihnen stand und die Hände in die Hüften stemmte.

Dora seufzte und setzte sich im Liegestuhl auf. „So könnte es gewesen sein. Ich habe aber das blöde Gefühl, dass hinter diesen Morden noch mehr steckt."

„Soll ich euch eine Flasche Ribolla Spumante an den Pool bringen?"

Mino wechselte das Thema. Er hatte wohl ganz vergessen, dass Dora Johannes auf Abstinenz gesetzt hatte. Deswegen lehnte Johannes bekümmert, aber höflich, ab.

Köln

Das war eine merkwürdige Geschichte, mit der sie sich aktuell herumschlug. Die Fallakte enthielt nur eine Seite. Die hatte es aber in sich:

Zwei Wagen lieferten sich ein Rennen über die nächtlichen Kölner Ringe. Auf dem Hohenzollernring drängte der eine dann den anderen ab. Dieser prallte frontal auf das Kunstwerk ‚Ruhender Verkehr' von Wolf Vostell. Der Fahrer wurde schwerverletzt in die Uniklinik eingeliefert. Bevor er ins Koma fiel, sagte er: „Piss off, Kost."

Bettina Stammfeld saß an ihrem Schreibtisch im Präsidium und war wenig amüsiert. Der Verletzte hatte irgendetwas mit ihrer Kollegin, Dorothea Kost, zu schaffen. Aus Versehen nippte sie an ihrem kalten Kaffee. Als sie die Tasse angewidert abstellte, stand ihr Entschluss fest. Um sicherzugehen, dass sie sich nicht irrte und das Unfallopfer lediglich keinen Appetit hatte, rief sie Kost an. Urlaub hin oder her.

Nach einer kurzen Begrüßungsfloskel kam sie direkt zum Punkt: „Normalerweise würde ich dich niemals in den wohlverdienten Ferien stören …"

„Aber?"

Kost hörte sich verschlafen an. Stammfeld war das egal. „In der Uniklinik liegt ein Schwerverletzter. Er war in einem Verkehrsunfall verwickelt, der keiner war."

„Wie das?", fragte Kost. Ihr Gähnen war nicht zu überhören.

„Die näheren Umstände lassen auf einen Mordversuch schließen."

„Okay. Und wieso rufst du mich an? Ich bin noch ein paar Tage freigestellt."

„Klar doch. Aber das Opfer hat deinen Namen genannt. Dann fiel es ins Koma."

Am anderen Ende der Leitung herrschte Stille.

„Bist du noch da?", fragte Stammfeld.

Kosts Stimme hatte jede Müdigkeit abgelegt. „Das ist ja krass. Bist du sicher?"

„Obwohl du krankgeschrieben bist, habe ich in meinen letzten beiden Ermittlungen immer mit dir zu tun gehabt. Ich frage dich, wieso sollte das diesmal anders sein?" Stammfeld lachte gequält.

„Wie heißt das Opfer?"

Sein Reisepass weist ihn als Amerikaner namens Jim Lord aus."

„Verdammte Hacke", rief Kost. „Den kenne ich tatsächlich. Er ist vielleicht für einige Morde im Friaul verantwortlich."

Dann erzählte Kost Stammfeld die ganze Geschichte. Stammfeld war zunächst sprachlos. Dann sagte sie: „Das passt, wir haben in seinem zerstörten Mercedes eine Pistole gefunden. Lag im Koffer. Und der dazugehörige Waffenschein steckte in seiner Brieftasche."

„Pass auf. Ich nehme den nächsten Flug nach Köln. Ich will unbedingt mit Lord sprechen. Ich muss ihn zu einem Geständnis zwingen." Kost hörte sich entschlossen an.

„Kommt nicht in Frage", entgegnete Stammfeld. „Das ist mein Fall. Ich werde mich mit den Italienern in Verbindung setzen."

„Bettina, das wird nichts bringen. Die hiesigen Behörden gehen im Fall Maria Slataper von einem Suizid aus. Die haben den Lord überhaupt nicht auf dem Radar."

„Aber du bist dir wie immer sicher", sagte Stammfeld.

„Natürlich nicht hundertprozentig. Deshalb muss ich Lord ja sprechen. Dann werde ich die Wahrheit schon rauskriegen."

„Das ist mir nicht recht", insistierte Stammfeld.

„Sieh es doch einfach als Krankenbesuch. Lord ist in eurem Fall ja Opfer und nicht Täter. Lasst ihn nur nicht laufen."

„Dora, ich hasse dich. Tu, was du nicht lassen kannst. Allerdings wissen wir noch nicht, wann Lord Besuch empfangen kann, beziehungsweise, wann er überhaupt vernehmungsfähig ist. Im Zweifel kommst du also umsonst oder musst dich lange gedulden."

„Kein Problem. Ich weiß mich solange in der Heimat zu beschäftigen."

„Wieso? Bringst du Johannes mit?"

Collio

„Du willst zurück nach Hause? Um diesen Lord zu befragen? Kannst du das nicht Bettina überlassen? Die hat doch Dienst." Johannes hatte seine dritte Tasse Koffein hinuntergestürzt, was die Sache nicht besser machte.

Sie saßen zusammen in der Loungeecke der Casa Ribolla, vor ihnen standen vier Tassen Espresso.

„Lord ist mein Problem. Ich werde mich darum kümmern", antwortete Dora lapidar. „Buchst du mir einen Rückflug? Du hast deinen PC dabei."

„Heilige Kacke", entfuhr es Dieter. „Ich fliege mit. Das darf ich nicht verpassen. Das wird 'ne Story."

Dora schaute Johannes mit Rehaugen an „Vielleicht hast du ja auch Lust, uns zu begleiten. Ich würde mich freuen." Sie legte zur Untermauerung ihrer Bitte auch noch ihren Kopf schief.

„Verdammt Dora. Ich habe hier einen Auftrag zu erledigen. Ich habe bei weitem noch nicht alle vorgesehenen Weine verkostet. Wie soll ich da meinen Bericht schreiben?"

„Aber es ist eine ausgezeichnete Ausrede, um deine geschundene Leber zu schonen", entgegnete Dora.

„Toll. Immer soll ich klein beigeben. Das ist unfair."

„Aber diesen Zug liebe ich doch so sehr an dir. Du bist der großherzigste Mensch, den ich kenne."

Das war dick aufgetragen. Aber Dora wollte nicht allein nach Köln zurückfliegen. Die gemeinsame Zeit mit Johannes war ihr wichtig. Also versuchte sie den Job, den sie glaubte erledigen zu müssen, mit dem Angenehmen zu verbinden. Vielleicht hatte sie auch nur Angst, Johannes wegen ihrer Arbeit zu verlieren. Solche Gedanken gingen ihr nicht zum ersten Mal durch den Kopf.

Mino sprang ihr zur Seite: „Ich habe da eine Idee. Ich besorge ein paar Flaschen der Weine, die Johannes noch probieren möchte. Die lade ich dann in meinen Jeep und bringe sie dir in Köln vorbei. Johannes, du kannst sie dann Zuhause testen. Meine Söhne können hier solange den Betrieb weiterführen."

„Und du hast die Möglichkeit, dich mit meiner Hilfe an Lord ranzumachen", kommentierte Dora Minos Entgegenkommen. Sie betrachtete ihn mit zusammengezogenen Augenbrauen.

„Ich bin zumindest dabei, wenn du ihn dingfest machst. Das wäre für mich eine große Befriedigung", erwiderte Mino.

„Unter diesen Bedingungen bin ich bereit, vorzeitig abzureisen", beschloss Johannes in feierlichem Ton. Und Dora blieb nichts Weiteres übrig, als zuzustimmen.

$*$

„Mino ist ganz schön scharf auf Lord", stellte Dora fest, als sie zu Johannes ins Bett stieg. Es war spät geworden.

„Der will ihm ganz sicher wegen Maria an die Gurgel", erwiderte Johannes.

Dora kuschelte sich an seine Seite. Sie konnte ein Gähnen nicht unterdrücken. „Ich weiß nicht. Vielleicht steckt hinter Minos Fanatismus mehr als wir denken."

„Glaube ich nicht. Mino ist ein sehr direkter Typ."

„Ich würde sagen: Er hat einen starken Charakter und besitzt eine gewisse Sturheit."

Johannes gab Dora einen Stupser in die Rippen. „So wie du."

„Wenn du das sagst." Sie lachte müde.

Bevor sie wegdöste nuschelte sie: „Wir müssen Mino im Auge behalten."

Köln

„Die 50.000 Euro werden als Investment ausreichen", sagte Treibach am Telefon. „Die Verhandlungen in Italien sind gut gelaufen und weitere Investitionsmittel erübrigen sich."

Von Lofte nahm diese Information in seinem Atelier mit Erleichterung auf und beendete das Gespräch. Das ersparte ihm eine lästige Diskussion mit Paula. Sie wollten morgen nach Triest fliegen und das Weingut besichtigen. Das hatte Paula vorgeschlagen. Was sie damit bezweckte, war klar. Sie wollte ihm vor Ort die ganze Sache ausreden.

Er hatte außerdem erfahren, dass er auf Johannes Unterstützung verzichten musste, da dieser überstürzt abreisen würde. Er hatte heimlich gehofft, dass Johannes als eingefleischter Weinkenner und –liebhaber seine Absichten befürworten würde.

Dora würde selbstredend auf Paulas Seite stehen. Das erschwerte die Angelegenheit. Die Frauen hatten halt keine Ader für große Visionen.

Diesmal wollte er jedoch standhaft bleiben. Ihn reizte der Gedanke, Besitzer eines Weinguts zu sein. Im Sommer würde er mit Blick auf die Weinberge in einer Stille malen können, die hier, in der Friesenstraße, undenkbar war. Er sah sich schon mit Strohhut,

Palette und Pinsel vor dem Panorama der Colli Orientali del Friuli. Das gefiel ihm, aber Paula mitnichten. Sie hatte ihm erst kürzlich klipp und klar zu verstehen gegeben, dass sie ein Vetorecht bei dieser Sache beanspruchte.

Das nahm er als eindeutige Warnung an seine Adresse. Aber auch Maximilian von Lofte hatte noch ein Ass im Ärmel.

*

Manchmal kam er kurz zu Bewusstsein. An seinem Körper hingen Schläuche, er konnte nicht einordnen, wo er war. Einige Erinnerungsfetzen durchzuckten sein Gehirn. An den Crash konnte er sich vage erinnern. Jemand hatte ihn abgedrängt. Und dafür gab es nur eine Erklärung. Seine Auftraggeber hatten sein Spiel durchschaut und vorgehabt, ihn zu beseitigen. Er hätte Treibach keine 32 Stunden einräumen sollen. Das war zu lang gewesen. Aber er hatte das Risiko gekannt und war es eingegangen. Und nun wartete schon das nächste Problem. Er musste hier raus, egal wo er war. Sonst würden sie wiederkommen und ihm den Rest geben.

Sein letzter Gedanke, bevor er wieder bewusstlos wurde, war: *Ich muss mir diese Kost vom Hals schaffen.*

Bergisch Gladbach

Er beendete das Telefongespräch mit Ludwig Nagel. Die Sache konnte steigen. Nagel war von der Idee begeistert, hochqualitativen Weißwein und hochwertiges Olivenöl im Friaul produzieren zu können. Die vertraglichen Details waren nur noch Formsache. Treibach machte es sich in seinem Bürosessel bequem. Er nahm einen letzten Schluck und stellte das Champagnerglas auf seinem Schreibtisch ab.

Von Lofte stand ebenfalls in den Startlöchern, wollte sich allerdings, bevor er investierte, das Weingut an Ort und Stelle ansehen. Treibach war über diese Idee nicht begeistert. Schließlich ging es lediglich um 50.000 Euro, also peanuts. Dafür wurde nach seinem Geschmack ein extremer Aufwand betrieben. Zu allem übel nahm von Lofte seine Freundin mit. Das war nach Treibachs Erfahrung kontraproduktiv. Aber was sollte er machen? Von Lofte hatte ihm versichert, einzusteigen, sofern ein neuer Winzer gefunden wurde. Darum hatte er sich gekümmert. Der Transaktion stand demnach nichts Materielles mehr im Wege. Er wartete lediglich auf die Vertragsentwürfe aus Italien, die er seinem Anwalt geben wollte.

Nur Lord lag ihm noch quer im Magen. Wie würde der reagieren, wenn er das Geschäft abblies?

Aeroporto di Trieste-Ronchi dei Legionari

Sie standen vor dem kleinen Flughafen im Friaul. Mino war ihnen beim Ausladen des Gepäcks behilflich. Mit der Polizei hatte es keine Probleme gegeben. Sie wurden nicht länger als Zeugen im Fall Maria Slataper benötigt. Ihre Kontaktdaten waren für alle Fälle hinterlegt.

Mino war so freundlich gewesen, Johannes, Dieter und sie mit Sack und Pack in seinem Jeep zum Flieger zu bringen. Die Mietwagen hatten Johannes und Dieter bereits am Vorabend abgegeben.

Das Ganze war so getimed, dass Mino auf dem Rückweg zur Casa Ribolla Paula und Maximilian mitnehmen konnte, die ihrerseits schon gelandet waren. Und am nächsten Tag würde der Winzer mit dem Wagen nach Deutschland nachkommen. Bei diesem Gedanken beschlich Dora ein mulmiges Gefühl, das sie zu ignorieren versuchte.

In der Flughalle trafen sich die abreisenden und ankommenden Freunde.

„Es hat den Anschein, dass ihr vor uns flieht", bemerkte Paula. „Wir hatten die Hoffnung, Johannes bringt uns die Kulinarik der Region näher. Aber daraus wird wohl nichts." Sie grinste breit.

„Sorry, Paula. Wir sind einem Killer auf den Fersen. Mordaufklärung geht vor Völlerei. Das musst du verstehen", erwiderte Dora und umarmte ihre Freundin.

„Jeder setzt seine Prioritäten anders. Aber verstehe schon. Du willst Johannes von den hiesigen Verlockungen der Gourmetseele wegschaffen, damit er endlich seine Leber schont. Sehr edel gedacht, liebe Freundin." Paula löste sich von Dora.

Nun schaltete sich Johannes ein. „Wenn ihr so weiter macht, bleibe ich hier, nehme mir ein Zimmer in Triest und ziehe jeden Tag um die Häuser. Ihr könnt meinen Körper dann aufsammeln, wenn ihr die Mörderjagd beendet habt."

Paula ging zu Johannes und drückte ihn an ihre Brust. „Sei doch nicht immer so empfindlich", sagte sie. „Du wirst doch noch einen kleinen Spaß verstehen."

„Wenn es um die Organe geht, die für meine Genussfähigkeit unersetzlich sind, bin ich nicht zu Scherzen aufgelegt." Johannes schien untröstlich.

„Übrigens liegt der vermeintliche Mörder in deinem Krankenhaus, Paula." Dora wechselte das Thema. Sie wollte ihren Freund nicht weiter quälen.

„Oh Mann, da verpasse ich ja was. Aber ehrlich gesagt, haben mir deine beiden letzten Mordermittlungen während deiner Rekonvaleszenz völlig gereicht. Ermittelt diesmal schön ohne uns. Ansonsten gerät Maximilian, wie zuletzt immer, unter Mordverdacht. Und das wollen wir diesmal zu einhundert Prozent ausschließen. Ich habe nämlich etwas Anderes mit ihm vor." Paula lachte und Maximilian machte ein Gesicht, als wüsste er von nichts.

Die Freunde unterhielten sich noch eine Weile über die Morde und das Weingut Slataper. Maximilian erzählte in diesem Zusammenhang von dem möglichen Einstieg des Winzers Ludwig Nagel.

„Ich kenne den Winzer gut, wir sind befreundet", erklärte Johannes nicht ohne Stolz. „Der ist der Richtige, um ein solches Weingut zu führen.

Man sah Paula an, dass sie diese Information wenig hilfreich fand. Maximilian dagegen war begeistert.

Alsbald verabschiedeten sie sich. Paula und Maximilian fuhren mit Mino in die Casa Ribolla und Dora machte sich mit ihren Männern auf Mörderjagd.

Collio

Doras und Johannes Freunde waren gut in der Casa Ribolla untergebracht. Sie bezogen ein schönes Doppelzimmer, das ebenerdig lag. Vom Eingang des Zimmers bis zum Pool waren es nicht einmal fünf Meter. Dahinter erstreckten sich Minos Weinberge. Bella Vista für die Tedesci.

Das Paar hatte eine Reservierung für das Abendessen in seinem Restaurant. Seine Frau und seine Söhne würden sich um sie kümmern.

Minos nächste Aufgabe bestand darin, den Wein, den er für Johannes besorgt hatte, in den Jeep zu laden. Darunter waren Flaschen von Livon, Veneca, Jermann, Felluga, Vigna Petrussa und noch einige andere. Johannes hatte noch ein heftiges Programm vor sich.

Außerdem hatte er einen Koffer mit Kleidung für 10 Tage gepackt. Er ging zwar davon aus, dass er das, was er zu erledigen hatte, in kürzerer Zeit schaffen würde, plante sicherheitshalber aber einen Puffer ein.

Zuletzt legte er die Überraschung für Lord in den Wagen und deckte sie gut zu. Niemand sollte sehen, was er vorhatte.

Köln

Endlich waren sie in Johannes luxuriöser Wohnung in der Nähe des Eigelsteins angekommen. Johannes verschwand sofort in der Küche, um eine edle Bohne aufzusetzen. Dieter machte es sich auf dem Sofa im Wohnzimmer bequem und Dora verschwand erst einmal im Bad. Sie hasste es, sich im Flugzeug an den Stewardessen vorbeiquetschen zu müssen, um die Toiletten aufzusuchen, die höchstens für Frauen mit Kleidergröße 34 konzipiert waren.

Später saßen die drei Freunde, jeder mit einer Tasse schwarzen Kaffees in der Hand, im Wohnzimmer und berieten die Lage.

„Wie willst du im Fall Lord vorgehen?", fragte Johannes.

„Ganz einfach. Wenn er wieder bei Bewusstsein ist und Besuch empfangen darf, werden wir ihn überraschen. Mit uns rechnet der doch gar nicht", antwortete Dora.

„Bist du sicher?" entgegnete Dieter. Dabei war er bemüht, mit einem gebrauchten Tempo einen eingetrockneten Kaffeefleck auf Johannes Tisch zu entfernen. Sein zwanghaftes Verhalten verschlimmerte das Problem jedoch nur. Der Fleck war regelrecht eingebrannt.

Dora verdrehte die Augen. „Wie kann man heute noch sicher sein? Auf jeden Fall ist das aber die beste Gelegenheit, um ein Geständnis aus ihm herauszukitzeln." Sie nippte an ihrem Kaffee.

„Du meinst, weil er nach dem Unfall noch nicht alle seine sechs Sinne beisammenhat?", bemerkte Johannes.

„Genau. Er ist wahrscheinlich noch sehr schwach und das müssen wir ausnutzen." Dora hatte Blut geleckt.

„Du hinterhältiges Biest", erklärte Dieter. „Du hast auch überhaupt keine Skrupel." Er steckte sein Tempo weg und lächelte.

„Na und?"

„Find ich gut. Meinen Segen hast du", erklärte Dieter.

„Ich rufe nachher Bettina im Kommissariat an und erkundige mich nach Lords Zustand. Sobald er halbwegs wach ist, sollten wir ihm unseren Höflichkeitsbesuch abstatten."

„Wir werden dich zu deinem Schutz begleiten", stellte Johannes klar.

„Natürlich, Schatz. Obwohl ihr nicht gerade furchterregende Gestalten seid. Angst und Schrecken verbreitet ihr mitnichten."

„Ich nehme das größte Messer aus meiner Sammlung mit. Als begnadeter Koch verstehe ich, damit umzugehen", entgegnete Johannes. Sein Blick verriet Entschlossenheit.

Bensberg

Er konnte es nicht glauben. Er trank Bier.

Als er sich im Hotel eine Empfehlung für ein Lokal mit landestypischer Küche hatte geben lassen, hätte er nicht daran gedacht, in einer Schänke zu landen, an deren Wänden Bilder von Kühen hingen und das bevorzugte Getränk eine helle, gelbliche Flüssigkeit war, die sie hier Kölsch nannten.

Aber Upper musste zugeben, für einen heißen Sommer war diese lokale Spezialität durchaus geeignet. Er saß an einem blankgeputzten Holztisch und betrachtete eine gewaltige Malerei, die ein über einen Zaun springendes Rindvieh darstellte.

Auch das rustikale Essen war gut. Nur unter ‚Halve Hahn' hatte er sich etwas anderes vorgestellt. Als ihm ein alter Käse serviert wurde, verschlug es ihm die Sprache.

Er war bei seinem dritten Kölsch, als sein Handy vibrierte. Die Nummer sagte ihm nichts und er dachte kurz daran, den Anrufer wegzudrücken. Was er dann doch nicht tat und sofort bereute.

„Upper, bist du das?", hörte er eine schwache Stimme fragen. Er erkannte sie sofort.

„Was wollen Sie, Lord? Gibt es irgendetwas Neues in Italien?"

„Damned, hör zu. Ich habe nicht viel Zeit. Ich liege in einem Hospital in Köln und telefoniere von dem Apparat meines Bettnachbars."

„Wie bitte? Wieso Köln?" Upper war verwirrt.

„Ich hatte etwas in Köln zu erledigen, wurde aber in einen Autounfall verwickelt."

„Shit!"

„Genau. Es ist extrem wichtig, dass ich schnellstmöglich aus dem Krankenhaus verschwinde."

„Sind Sie schwer verletzt?"

„Geht so. Bin von der Intensivstation runter. Ich muss hier aber unbedingt weg, um mich mit unseren Auftraggebern zu treffen."

„Wieso besuchen die Sie nicht im Krankenhaus?"

„Are you kidding? Die wollen inkognito bleiben."

„Tatsächlich?", erwiderte Upper.

„Upper! Jetzt sei kein Arsch und hol mich hier raus."

„Was soll ich tun?", fragte Upper. Das Kölschglas in seiner Hand zitterte.

„Besorg dir einen Wagen, fahr zur Kölner Uniklinik und schaff mich hier weg. Ich bin auf etwas Hilfe angewiesen. Ich denke, das bist du mir schuldig."

„Das glaube ich nicht", sagte Upper nach einer kurzen Denkpause. „Sie haben absolut nichts erreicht, was mich veranlassen könnte, Ihnen unter die Arme zu greifen. Oder verkaufen Slatapers Töchter etwa an uns?"

„Fuck. Ich habe alles getan, was ich tun konnte. Das sind im Übrigen Dinge, die du dir lieber nicht vorstellen möchtest. Und wenn ich draußen bin, kann ich noch mehr für dich tun. Vertrau mir einfach."

„Sie glauben, dass Slatapers noch einlenken werden?", fragte Upper. Er war interessiert.

„Yes! Vor allem, wenn alle anderen Kaufinteressenten demnächst abspringen sollten. Und da kann ich sicher was drehen."

„Ihr Wort in Gottes Gehörgang. Welche Zimmernummer haben Sie?"

Nittel

Sie beluden den Transporter mit den Bouteillen für die Big Bottle Party in Köln. Der Organisator hatte 72 Flaschen ihres Pinot Noir Sektes geordert.

Kurt und Christian Willkens sollten im Rahmen dieses Events ihren Schaumwein persönlich vorstellen. Es war ein 7-Gänge-Menü vorgesehen. Zu jeder Speisefolge sollte es zwei korrespondierende Weine berühmter Winzer geben.

Als sie die Einladung vor knapp fünf Monaten erhalten hatten, hatte ihr Vater aus Begeisterung glatt mehrere Flaschen dieses Spitzensekts geöffnet und letztendlich allein ausgetrunken.

Auch für Kurt und Christian war die Anfrage, an dieser Leistungsshow für Weinmacher teilzunehmen, eine große Ehre für ihr Weingut. Sie freuten sich auf die Veranstaltung. Sie bot auch eine perfekte Gelegenheit, die Erzeugnisse der Kollegen kennenzulernen. Endlich durften sie die Dinge in die eigenen Hände nehmen.

Mit ihrer Mutter hatten sie abgestimmt, dass sie die Fahrt nach Köln mit einer Lieferung für ihren lokalen Händler verbinden würden. Torwald Krawald hatte ebenfalls einige Flaschen ihres aus Pinot Noir Trauben gekelterten Champagnerersatzes bestellt. Zusammen mit Krawald würden sie ein paar neue Spätburgunder von der Ahr, aus der Pfalz, aus Rheinhessen und aus Baden probieren. Krawald hatte am Telefon in den höchsten Tönen geschwärmt. So begaben sie sich früher als geplant auf den Weg nach Köln.

Köln

Bettinas Anruf erreichte sie am späten Morgen in Johannes Wohnung. „Lord ist aus dem Koma erwacht", teilte sie Dora mit. „Es geht ihm überraschend gut."

„Habt ihr ihn schon befragt?", fragte Dora, die das Frühstück vorbereitete.

„Natürlich, aber Lord konnte sich an nichts erinnern. Gedächtnisverlust, sagen die Ärzte."

„Postiert bloß einen Beamten vor seiner Tür."

„Hältst du uns für Amateure?"

„Tschuldigung."

Dora beendete das Gespräch. Sie war heiß darauf, Lord im Krankenhaus zu besuchen. Allerdings waren ihre männlichen Mitstreiter noch unfit. Dieter schlief noch. Er war gestern erst gar nicht mehr nach Hause gefahren, sondern hatte bei Johannes auf der Couch übernachtet. Ein 25 Jahre alter Single Malt Whisky, den Johannes spätabends noch hervorgekramt hatte, war daran nicht ganz unschuldig.

Johannes war schon wach, torkelte aber im Schlafanzug durch die Wohnung. Also musste sie diesen Alkoholikern erst einmal Beine machen.

⋆

Vor Lords Tür postierte ein Beamter auf einem Stuhl. Der Anblick beruhigte sie. Sie zeigte ihren Dienstausweis. Der Beamte war bereits von Bettina informiert worden.

Sie betraten das Krankenzimmer. Lord lag im Bett neben dem Fenster. Er sah ziemlich demoliert aus. Dennoch war er hellwach. Das zweite Krankenbett war leer.

Kost kam es vor, als hätte er ihren Besuch erwartet. Er zeigte keine übereilte Reaktion. In Zeitlupe und mit einem gelangweilten Blick wendete er sich ihnen zu.

„Guten Morgen", krächzte er. „Sie hätten wegen mir nicht extra aus Italien kommen müssen. Mir geht es schon besser." Selbst jetzt war sein Deutsch perfekt. Lord richtete sich im Bett auf.

„Hallo, Herr Lord", sagte Kost. Sie blieb vor Lords Bett stehen, während sich Johannes und Dieter zwei Stühle schnappten.

Lord musterte sie aufmerksam. „Haben Sie keine Pralinen mitgebracht?"

„Wir kommen heute mit etwas anderem zu Ihnen, Herr Lord", antwortete Kost.

„So, so. Also handelt es sich nicht um einen klassischen Krankenbesuch? Was haben Sie stattdessen dabei?"

„Einen Verdacht", erwiderte Kost.

„Bin ich zu schnell gefahren, als ich den Unfall hatte? Wollen Sie mir einen Strafzettel ausstellen?", fragte Lord. Er machte einen amüsierten Eindruck.

„Sie sind ja schon wieder gut drauf", entgegnete Kost. „Es ist allerdings etwas ernster."

„Haben Sie deshalb die beiden Muskelmänner da hinten mitgebracht? Zu Ihrem Schutz etwa?" Lord deutete mit einem Nicken in Dieters und Johannes Richtung und grinste.

Dora hatte ihren Freunden gesagt, dass sie zwar mitkommen, aber ruhig bleiben mussten. Sie hielten sich an ihre Anweisung.

Auch Kost überging Lords Anspielung und fuhr fort: „Es liegt der Verdacht nahe, dass Sie ein Mörder sind, Herr Lord."

„Das ist ja mal ein Mitbringsel. Und das für das Opfer eines Verkehrsdelikts. Sie sollten daran denken, dass ich physisch und psychisch noch sehr angeschlagen bin. Sie sollten behutsamer mit mir umgehen."

„Schön, Sie sind noch zu Witzen aufgelegt", erwiderte Kost.

„Das Leben wäre ansonsten zu öde. Geben Sie mir nicht recht?"

„Jetzt mal Spaß beiseite. Ich bin mir ziemlich sicher, dass Maria Slatapers Selbstmord von Ihnen inszeniert worden ist. Sie haben sie umgebracht." Kost verzog keine Miene.

„Zwei Fragen", sagte Lord. „Warum sollte ich das getan haben und wie? Hat die Polizei nicht eindeutig einen Suizid festgestellt?" Lord ließ sich etwas tiefer in seine Kissen sinken. Körperlich wirkte er angeschlagen, mental schien er aber voll auf der Höhe.

„Das Motiv ergibt sich aus der Tatsache, dass Sie, beziehungsweise Ihre Auftraggeber, Slatapers Weingut erwerben wollten, Maria aber nicht daran dachte, an Sie zu veräußern."

„Gewagte These. Auch andere Väter haben schöne Töchter, wie man bei Ihnen so sagt. Wenn nicht dieses Weingut, dann kaufen wir halt ein anderes. Ihre Argumentation ist nicht stichhaltig." Lord lächelte, wobei sich seine geschwollene Wange verzog.

Dora lächelte ebenfalls. „Sie passt aber zu den Indizien. Es liegt nahe, dass Sie aus demselben Grund Alessio Slataper und Karl Willkens erschossen haben."

„Sie gehen aber ran, Schätzchen. Jetzt soll ich sogar ein Tripple-Mörder sein? Das geht bei Ihnen ja ganz fix. Congrats!"

„Wissen Sie, was ich an Maria Slatapers sogenanntem Selbstmord merkwürdig finde?"

„Ich bin ganz Ohr."

„Sie machte auf mich zu keinem Zeitpunkt den Eindruck, als könnte sie den Tod ihres Mannes nicht verkraften. Im Gegenteil. Unmittelbar nach Alessios Tod war sie sehr aufgeräumt. Sie waren dabei, als wir sie besuchten. Maria Slataper wollte uns Wein verkaufen. Sie dachte ans Geschäft und daran wie es weitergeführt werden konnte. Deshalb auch ihre Abneigung gegenüber Ausländern mit Kaufabsichten. Was mit dem Weingut geschehen sollte, war ihr sehr wichtig. Da hängt man sich nicht einfach selbst in einen Olivenbaum. Ebenso fand ich die Information aufschlussreich, dass neben der Leiche ein Küchenmesser gefunden wurde. Es lag auf dem Boden und es war sauber. Was aber macht ein nicht benutztes Messer an diesem Ort? Es wird nur in der Küche gebraucht. Es ist nutzlos, um im Olivenbaum damit zu arbeiten. In diesem Bild passt etwas nicht. Ich denke, Maria wollte sich gegen Sie mit ihrem Küchenmesser zur Wehr setzen. Aber Sie hatten ja Ihre Pistole. Nicht sehr fair, wenn Sie mich fragen."

„Fucking hell. Das scheint mir aber sehr weit hergeholt. Einen Richter können Sie mit diesen Hirngespinsten sicher nicht beeindrucken."

„Vielleicht haben Sie recht. Aber Sie wissen jetzt, dass ich im Bilde bin. Ich bin mir absolut sicher, wie Sie es gemacht haben und warum. Alles andere wird sich ergeben. Ich behalte Sie im Auge, mein Freund." Jetzt zeigte Kost ihr gefährlichstes Lächeln.

„Bei allem Respekt, ich möchte Sie bitten, zu gehen. Für diesen Unsinn bin ich einfach noch zu schwach. Also raus hier." Lord reagierte ungehalten. Das war gut. Das hatte sie gewollt. Ihre Provokationen hatten nur einen Zweck: Lord zu einem Fehler zu zwingen.

„Für heute bin ich mit Ihnen fertig", sagte Kost und fügte beim Verlassen des Zimmers hinzu: „Und nennen Sie mich nie wieder Schätzchen."

$\star$

Er hatte sich einen Ford Fiesta gemietet und war auf dem Weg zu Lord. Die Uniklinik war laut Navi noch fünf Minuten entfernt. Da er sich in Köln nicht auskannte, war er froh, dass der Wagen ein Navigationsgerät besaß. Noch in keiner Stadt hatte er so viele Einbahnstraßen gesehen. Aber mit dem städtischen Baustellendschungel hatte selbst das Navi Probleme. Er landete zwei Mal in einer Sackgasse. Das machte ihn noch nervöser. In seinen Eingeweiden spielte ein großes Orchester Rumba. Seine Hände schwitzten. Doch er sah keinen anderen Ausweg.

Wenig später stellte er den Wagen im Parkhaus des Krankenhauses ab und machte sich auf den Weg zu Lords Zimmer.

Upper brauchte eine Weile, bis er sich in dem Gebäude zurechtgefunden hatte. Aber nach etwa fünfzehn Minuten hatte er Lord ausfindig gemacht, ohne dass er eine Menschenseele fragen musste.

Zu Uppers Schrecken saß ein Polizist vor der Tür. Diese Information hatte Lord natürlich unterschlagen. Wie sollte er Lord jetzt unbemerkt wegschaffen? Er rang mit sich. Konnte er jetzt noch einen Rückzieher machen? Lord würde ihn dafür killen.

In diesem Moment stand der Beamte auf, legte seine Zeitung auf den Stuhl und strebte dem Gästeklo am Ende des Gangs entgegen. Als er hinter der Toilettentür verschwunden war, hetzte Upper in Lords Zimmer.

„Du kommst spät", sagte Lord.

Lord schlug die Bettdecke zurück. Er war vorbereitet, trug eine Jogginghose und ein verwaschenes Sweatshirt, beide zu groß für ihn „Guck nicht so blöd. Sind nicht meine Sachen. Hat mir ein Pfleger organisiert."

„Ich sag doch gar nichts", entgegnete Upper.

Lord richtete sich auf, spürte seine Rippen und keuchte. „Verdammter Materialverschleiß."

Upper wollte auf ihn zustürzen, doch er hielt ihn mit einer Handbewegung davon ab. Er war selbst in der Lage aufzustehen. Er machte drei Schritte auf den Sommelier zu, dann griff Upper ihm unter die

Arme. „Wir müssen uns beeilen. Der Bulle kommt sicher gleich vom restroom zurück", erklärte er.

„Right", sagte Lord, der sich mit seinem rechten Arm auf den Sommelier stützte.

Sie mühten sich zur Zimmertür, die Upper einen Spalt breit öffnete. „Die Luft ist rein."

„Dann hurry up!"

Trotz seiner Verletzungen bewegten sie sich in einem akzeptablen Tempo. Patienten und Pfleger, denen sie auf den langen Gängen begegneten, beachteten das Paar nicht.

Zum Glück ist Desinteresse das Wesen des modernen Menschen, dachte Lord. Diese Erkenntnis hatte er aus einem deutschen Buch, das er vor längerem gelesen hatte.

Nach weniger als sieben Minuten erreichten sie das Parkhaus. Eine Verzögerung gab es am Parkscheinautomaten. Upper hatte Probleme, die ungewohnten Euromünzen für die Parkgebühr korrekt abzuzählen. Lord riss ihm die Börse aus der Hand und warf sämtliches Klimpergeld, das er finden konnte, durch den Münzschlitz.

Lord nahm an, dass die Wache seine Flucht bisher nicht bemerkt hatte. Der Kerl saß bestimmt nichtsahnend vor seinem leeren Krankenzimmer.

Ihr nächstes Ziel war ein Ort namens Bensberg. Er lotste Upper zu einem Hochhaus in einem Wohnpark, der von Einheimischen Klein-Manhattan genannt wurde. Was lächerlich war. Die Wohnung dort hatte er sich, bevor er Italien verlassen hatte, über die übliche Adresse im Darknet beschafft.

Hier hatte er ursprünglich in aller Ruhe auf Treibachs Antwort warten wollen. Nun war diese Wohnung sein Zufluchtsort vor seinen Verfolgern. Es sah also ganz so aus, dass seine Auftraggeber ihn loswerden wollten. Mit an Sicherheit grenzender Wahrscheinlichkeit wussten sie von seinem Betrug. Er hätte Treibach nicht mit seinem

Handy anrufen sollen. Die Dinger waren noch nie abhörsicher gewesen. *Du Amateur,* dachte Lord.

Den Wohnungsschlüssel fanden sie unter der Fußmatte. Jemand hatte ihn dort mit einer Sicherheitsnadel befestigt.

In der jetzigen Lage hatte er zwei Möglichkeiten: Entweder er nahm Kontakt zu Treibach auf und hoffte, dass der zahlte oder er versuchte sein Glück bei Upper.

„Was lässt du springen, wenn ich dir deine Mitkonkurrenten vom Hals schaffe?", fragte er den Sommelier unvermittelt, als der ihm in einen alten Sessel half.

„Wie soll ich das denn verstehen?", erwiderte Upper. Die Überraschung war ihm ins Gesicht geschrieben.

„Wenn ich dir bei der Erfüllung deines Traums vom eigenen Weingut helfen soll, kostet dich das etwas."

„Sie werden doch von meinem Geldgeber bezahlt", sagte Upper.

„Das reicht mir nicht."

„Das ist doch total verrückt."

„Well. Es ist deine Entscheidung."

Frankenforst

Diesmal fuhren sie zu ihrer Wohnung. Als erstes warf Dora eine Waschmaschine mit ihrer Urlaubswäsche an. Dieter kontrollierte währenddessen, ob Dora ihren Herd vor dem Urlaub auch ordnungsgemäß ausgemacht hatte. *Zwangsneurose bleibt halt Zwangsneurose,* dachte sie.

Johannes kramte in einer Küchenecke nach einer einsamen Flasche Wein, die er in Doras Behausung als Notration deponiert hatte.

„Verdammt Dora. Du hast Lord ja ganz schön eingeheizt", bemerkte Dieter nach seinem Kontrollgang.

Johannes richtete sich auf. „Ich habe schon ein wenig Sorge um dich. Lord könnte das als Kampfansage verstehen und, sobald er wieder fit ist, auf dich losgehen."

„Das wäre perfekt", erwiderte Dora. „Nur so kann ich ihn aus der Reserve locken. Winzige Indizien und mein Bauchgefühl allein reichen nicht aus. Da hatte er nicht ganz unrecht." Dora ließ sich auf ihr Sofa plumpsen.

„Du bist dir sicher, dass er der Täter ist?", insistierte Dieter, der sich neben sie setzte.

„Lord hat etwas in sich, dass brutal und berechnend ist. Er ist definitiv zu einem Mord fähig", bestätigte Dora.

„Oder auch zu zwei beziehungsweise drei Morden." Johannes hatte die Flasche gefunden und entkorkte sie gerade. Es war ein Riesling von Philipp Kuhn aus der Pfalz.

„Johannes, warum kannst du nicht einfach ein Glas Mineralwasser trinken?", bemerkte Dora.

„Das Aufeinandertreffen mit Lord war einfach zu nervenaufreibend. Ein Glas sollte nicht schaden. Möchtet ihr auch etwas?" Johannes zeigte auf die Weinflasche.

Dora und Dieter schüttelten den Kopf. Also machte Johannes nur sein Glas ziemlich voll.

Dora verdrehte die Augen. „Hast du nicht mal erzählt, dass die Menschen in der Pfalz ihren Wein aus Gläsern trinken, die einen halben Liter fassen? Wenn du demnächst aus einem meiner Wassergläser trinkst, erschieße ich dich auf der Stelle."

„Keine Panik, Schatz. Das ist nur auf den Weinfesten dieser Region üblich. Bei uns gibt es dagegen nichts zu feiern."

Dora sah Johannes scharf an. Dann erhob sie sich vom Sofa. „Ich setze mal Kaffeewasser auf." Es hörte sich wie eine Kampfansage an.

*

Nachdem sie die Wäsche erledigt und den Kaffee getrunken hatte, rief Dora ihre Kollegin Bettina Stammfeld im Kommissariat an. Sie wollte Stammfeld auf ihren Erkenntnisstand bringen.

„Lord ist mein Verdächtiger Nummer eins. Und du solltest auf jeden Fall mit den italienischen Ermittlern Kontakt aufnehmen", erklärte Dora.

„Das ist über unseren Chef Grothe schon in die Wege geleitet worden. Ich habe allerdings noch keine Rückmeldung."

„Und was ist mit dem Unfall? Gibt es diesbezüglich neue Erkenntnisse?"

„Den Wagen des Unfallgegners haben wir gefunden. Er wurde im Ringparkhaus abgestellt. Total verbeult. Deswegen ist er auch dem Parkhauswächter aufgefallen. Und bevor du fragst: Ich habe noch keine Informationen von der Spurensicherung bekommen. Die untersuchen das Auto gerade. Sieht aber nach Profis aus, wenn du mich fragst. Die wollten Lord elegant beseitigen." Es entstand eine kleine Pause am anderen Ende der Leitung. Dann fragte Stammfeld: „Spricht das nicht gegen deine These, dass er der Täter ist? Hier war er jedenfalls das Opfer."

„Ins Blaue hinein würde ich vermuten, dass seine Auftraggeber ihn nach getaner Arbeit beseitigen wollten, um jede Verbindung zu ihnen zu vertuschen. Aber das ist reine Spekulation."

„Na ja. Fragen können wir ihn momentan nicht danach", erklärte Stammfeld. Ihre Stimme klang kleinlaut.

„Wieso das? Ist er wieder ins Koma gefallen?"

„Tja, ich muss dir etwas beichten. Lord hat sich aus dem Krankenhaus abgesetzt. Mit anderen Worten, er ist verschwunden."

„Wie bitte?", schrie Dora in ihr Telefon.

„Lord ist irgendwie unbemerkt an dem Wachposten vorbeigekommen und hat sich verdünnisiert. Wir glauben, dass er Hilfe hatte."

„So eine Scheiße. Das kann doch nicht wahr sein. Wenn ich das Johannes und Dieter erzähle, bekommen die den Flattermann."

„Du auch, Dora?"

„Ich bin ein anderes Kaliber."

Bergisch Gladbach

Sein Tagwerk war getan. Er verließ sein Büro und beschloss zu Fuß einen kleinen Abstecher zu seinem Vater zu unternehmen. Vor langer Zeit war dieser sein großes Vorbild gewesen.

Treibach war guter Laune. Die Sache im Friaul lief. Also machte er sich auf den Weg zum Begräbniswald, wo die Asche seines Vaters vor zwei Jahren am Fuße einer Linde beigesetzt worden war. Die Sonne spendete auch jetzt am Abend noch Wärme und Licht und der Fußmarsch bereitete ihm Spaß.

Die Begräbnisstätte lag auf einem kleinen Hügel. Als er oben angekommen war, brannte seine Lunge. Er betätigte sich ansonsten nicht als Sportler. Die Arbeit ließ ihm dazu keine Zeit.

Er stand vor dem schlichten Grab mit einem kleinen Stein, auf dem Name, Geburts- und Todesdatum eingraviert waren. Zu dieser Zeit war er der einzige Besucher auf dem im Wald angelegten Friedhof. Zumindest waren ihm keine weiteren Menschen aufgefallen. Das mochte er sehr. So waren sie unter sich. Vater und Sohn. Er verschränkte die Hände vor seinem Bauch und begann ein imaginäres Zwiegespräch.

Sein Vater war Verfechter einer unbestechlichen Ethik gewesen. Selbst kleine Flunkereien ließ er dem Sohn nicht durchgehen. Von diesem Ideal, das musste Treibach zugeben, hatte er sich mit der Zeit weiter entfernt, als Treibach senior lieb gewesen wäre. Insbesondere seine Geschäfte im Graubereich der Finanzen hätte er nicht goutiert. Dafür war sein Vater zu bescheiden gewesen.

Treibachs Gedankengang wurde durch ein Knacken hinter seinem Rücken unterbrochen. Ein weiterer Besucher war auf einen Ast getreten. Er bedauerte diese Störung außerordentlich, als ihn ein heftiger Schlag ins Kreuz traf. Unkontrolliert stürzte er auf den Grabstein seines Vaters zu. Die Inschrift, *„Nichts allzu sehr'*, die sich sein Vater gewünscht hatte, vermochte er nicht mehr wahrzunehmen.

Collio

Maximilian besuchte mit ihr das Weingut Slataper, was sich als logistische Herausforderung entpuppte. In dieser Gegend ein Taxi zu bekommen, war anscheinend ein Abenteuer für sich. Letztlich hatte sie ein Fahrer aus Cividale, dem nächsten größeren Ort, höchst unwillig in Prepotto abgeholt.

Das Weingut mit den regelmäßigen Rebanlagen in den Hügeln und dem alten Olivenbaumbestand strahlte schon einen gewissen Charme aus. Das musste sie zugeben.

Maximilian war sofort Feuer und Flamme.

Paula hatte den Eindruck, dass er gleich seine Kreditkarte zücken wollte, um eine Anzahlung auf das Objekt seiner Begierde zu leisten. Aber Slatapers Töchter erklärten glücklicherweise und in perfektem Englisch, dass sie mit Treibach in Kontakt standen und ihm die Verträge schicken würden. Maximilian war untröstlich.

Zurück in ihrem Zimmer der Casa Ribolla, gönnten sie sich zur Feier des Tages einen Quickie. Ganz gegen Paulas hehre Vorsätze. Aber auch danach hatte Maximilian nur ein Thema.

„Mein Gott. Das ist der Inbegriff von Schönheit. Und ich als Künstler verstehe etwas davon", erklärte er.

Sie wand sich aus seinem Armen. „Ich hoffe mal für dich, du meinst meinen Körper und nicht dieses Weingut." Sie räkelte sich nackt auf dem blütenweißen Laken.

Maximilian sah sie verliebt an. „Du kommst der Idee der Schönheit unendlich nahe und bist gleichzeitig meine Muse." Nach einem kurzen Atemzug fuhr er fort: „Deshalb ist das Weingut für dich auch der angemessene ästhetische Rahmen, in dem dein Luxuskörper richtig zur Geltung kommen würde." Maximilian lächelte wie ein unschuldiges Lamm. „Du als Herrin über ungezählte Trauben und Oliven. Das sehe ich vor meinem inneren Auge."

„Dann pass bloß auf, dass du nicht erblindest, wenn du den Scheck dafür ausstellen musst." Wie war dieser Mann nur zu stoppen? Paula war ratlos.

„Lass das Finanzielle mal meine Sorge sein. Ich habe da etwas am Laufen, wie man so schön prosaisch sagt. Geht alles glatt, werde ich dein Held sein."

Paula sprang aus dem Bett. „Diese Annahme gehört, gelinde gesagt, wohl eher ins Reich der Legenden."

Da Maximilian auch auf mehrmaliges Nachfragen nicht bereit war, hinsichtlich seiner dubiosen Andeutungen die Katze aus dem Sack zu lassen, sprachen beide den Rest des Tages nicht mehr miteinander.

Die Italienreise gestaltete sich nicht so recht nach Paulas Vorstellungen. Das war ganz anders gedacht gewesen. Sie waren sich weiterhin uneinig, was das Weingut betraf. Hatte sie daneben auf romantische Stunden unter Italiens Sonne gehofft, war auch dies enttäuscht worden. Ergo waren Maximilians und ihre Stimmung auf dem Tiefpunkt. Und am nächsten Tag würde ihr Kurztrip auch schon wieder zu Ende sein. Paula war am Boden zerstört.

Köln

Er war wohlbehalten in Köln angekommen. Beinahe länger als die Fahrt selbst dauerte die Parkplatzsuche rund um Montus Wohnung. Als er endlich einen Abstellplatz für seinen Jeep in irgendeiner der unzähligen Nebenstraßen gefunden hatte, war Mino schweißgebadet. Noch mehr Körperflüssigkeit verloren er und Montus, als sie die vielen Weinkisten in dessen Behausung schleppten. Danach sanken sie fix und fertig auf Montus Sofa und atmeten erst einmal durch.

„Darf ich dir einen Weißburgunder von Salwey anbieten? Sehr interessant im Vergleich mit eurem Pinot Bianco aus dem Friaul", fragte Montus.

„Ich kann einen Schluck vertragen." Der Schweiß lief Mino immer noch den Rücken hinunter.

Montus quälte sich vom Sofa, um zwei Gläser und die Flasche Wein zu holen. „Als Dank für deine Mühen bist du übrigens morgen zur Big Bottle Party in Deutz eingeladen. Du sollst in Köln ja nicht leben wie ein Hund. Ich habe alles arrangiert. Paula und Maximilian werden auch rechtzeitig aus Italien zurück sein, und so werden wir eine nette Runde bilden."

„Das ist Musik in meinen Ohren. Vielen Dank." Mino nahm das Weinglas, das ihm Montus reichte. Wasser wäre ihm eigentlich lieber gewesen.

„Und wie ich schon in Italien sagte, du schläfst natürlich bei mir. Für Gäste wie dich habe ich immer einen Schlafplatz frei."

„Und Dora?", fragte Mino.

„Die schläft in ihrer Wohnung. Das ist für eine begrenzte Anzahl von Nächten kein Problem für uns." Montus lachte. „Ich hatte übrigens früher mit dir gerechnet. Hattest du viel Verkehr unterwegs?"

„Und wie. Nach der Grenze fing das Elend an. Aber erzähl mal.

Gibt es etwas Neues von Lord?"

Montus berichtete, was passiert war.

Mino war entsetzt und wütend, als er hörte, dass der Amerikaner spurlos verschwunden war. Er begab sich ins Bad, hielt seinen Mund unter den Wasserhahn und drehte ihn auf.

Bensberg

Sie war sauer, richtig sauer. Jim Lord war ihr erneut durch die Lappen gegangen. Daran waren Bettina und ihre Kollegen schuld.

Was Kost am meisten ärgerte, war die Tatsache, dass jegliche weitere Ermittlung nun zwangsläufig ins Leere laufen musste. Es bestand keine Möglichkeit einer befriedigenden Fallaufklärung mehr.

Um sich von diesem frustrierenden Fakt abzulenken, war sie auf dem Weg zu einer ihrer Lieblingsbuchhandlungen. Die persönliche Beratung und das Herumstöbern zwischen hunderten gedruckter Bücher genoss sie gerade im digitalen Zeitalter besonders.

Bei der Buchhandlung Funk wollte sie den ersten Band eines bestimmten Triestkrimis kaufen. Johannes hatte sie auf den Autor aufmerksam gemacht. Sie brauchte jetzt etwas Spannendes zum Lesen. Während eine der Geschäftsführerinnen den Krimi heraussuchte, starrte Kost aus dem Fenster auf die Fußgängerzone und verlor sich in ihren Gedanken.

Um die Stimmung zu heben, hatte Johannes Paula, Maximilian, Mino, Dieter und sie kurzerhand zur Big Bottle Party im KölnSKY angemeldet. Er kannte den Veranstalter und ergatterte noch ein paar Karten für das eigentlich ausgebuchte Event. In Köln bedeuteten Beziehungen eben alles. Johannes nannte es nachhaltiges Networking. Wie auch immer, morgen würden sie groß feiern, obwohl dafür kein Grund vorlag.

Am Geschäft huschte ein Schatten vorbei, der Kost aus ihren Träumen riss.

Ist das nicht Robert Upper gewesen?, fragte sie sich, nun hellwach.

Sie lief zur Tür und spähte der Gestalt nach. Sie sah einen Mann, der die Fußgängerzone verließ und der Hauptstraße zustrebte. In beiden Händen trug er große Plastiktüten mit dem Logo einer Supermarktkette, ein Baguette schaute zur Hälfte raus.

Da Kost den Mann nur von hinten sah, war sie sich unsicher. Er hatte Uppers Statur. Aber was machte der in Bensberg, und das mit so vielen Nahrungsmitteln? Sie gab sich selbst die Antwort: Lord und Upper waren Partner. Upper versteckte Lord irgendwo und versorgte ihn mit Lebensmitteln. Schließlich war Lord schwer verletzt.

Sie beschloss, dem Mann zu folgen. Sie wollte Gewissheit. Als das Handy in ihrer Jackentasche klingelte, ignorierte sie es. Sie hatte jetzt Wichtigeres zu tun.

„Legen Sie mir das Buch zurück. Ich hole es später ab", rief sie der Buchhändlerin zu.

Köln

Mino hatte sich im Gästezimmer aufs Ohr gelegt.

Johannes selbst saß am Computer, um seinen Bericht über die Weine des Friauls zu beginnen. *Unsere Vorväter reisten einst wegen des mythischen Lichts nach Italien. Ich folge ihnen heute auf den Spuren monumentaler Weine.*

Über diese ersten zwei Sätze kam er jedoch nicht hinaus, da sich sein Smartphone meldete. Er war so unvorsichtig gewesen, es anzulassen.

„Hallo, Johannes", begrüßte ihn Bettina Stammfeld. „Ich versuche Dora zu erreichen. Sie geht aber nicht an ihr Handy. Ist sie vielleicht bei dir?"

„Tut mir leid. Dora müsste eigentlich bei sich Zuhause sein. Eventuell ist sie einkaufen gegangen. Nach unserem Urlaub hat sie nichts mehr im Kühlschrank", antwortete Montus.

„Wenn du sie siehst, sag ihr bitte, dass sie mich anrufen möchte."

„Was Wichtiges?"

„Wie man's nimmt. Sie erwähnte mir gegenüber, dass sie einen gewissen Günther Treibach kennt."

„Das ist Maximilian von Loftes Steuerberater."

„Aha."

Montus hörte ein Stöhnen am anderen Ende der Leitung.

„Was ist mit Treibach?" fragte er, nun neugierig geworden.

„Ich denke, ich begehe keine allzu große Pflichtverletzung, wenn ich es dir sage." Stammfeld machte eine kurze Pause. „Ich habe gerade erfahren, dass Treibach erschossen wurde. Unpassenderweise auf einem Friedhof. Die Kollegen aus Bergisch Gladbach haben meine Dienstelle um Amtshilfe bei der Suche nach dem Mörder ersucht. Er könnte sich noch im Bergischen beziehungsweise im Kölner Raum aufhalten."

„Ach du Scheiße", entfuhr es Montus.

„Du sagst es. Da Dora mir erzählt hat, dass Treibach in die Todesfälle im Friaul verstrickt sein könnte, wollte ich sie über dessen gewaltsames Ableben unterrichten. Wenn ich das richtig einschätze, seid ihr da hinter einer ziemlich großen Sache her. Schon vier Tote. Dora soll bloß vorsichtig sein."

Bensberg

Mit etwas Abstand folgte sie dem Mann mit den Einkaufstüten. Inzwischen war sie sich sicher, dass es sich um Robert Upper handelte. Er bog in die Straße ein, die zum Wohnpark Bensberg führte.

Dies fand Kost merkwürdig, da der Sommelier sicher keine Wohnung angemietet hatte, sondern in einem Hotel abgestiegen war. Die Wahrscheinlichkeit, dass er sie zu Lord führte, stieg also. Insbesondere, als Upper keuchend an der Haustür eines mittelgroßen Hochhauses stehenblieb, diese aufschloss, mit seiner Schulter aufdrückte und im Dunkel des Wohnblocks verschwand.

Kost schlüpfte kurz nach ihm in den Flur, bevor die Tür wieder zufiel.

Doch sie schien nicht vorsichtig genug gewesen zu sein. Der Amerikaner drehte sich um und als er Kost erkannte, ließ er vor Schreck eine Tüte auf den Boden knallen. Glas ging zu Bruch. Es roch nach Gewürzgurke. Upper starrte Kost wie versteinert an.

„Hallo, Herr Upper. Was für ein Zufall", sagte Kost grinsend.

„Hell! How dare you!", rief Upper.

„Sie werden es nicht glauben, aber ich wollte Ihren Freund, Herrn Lord, besuchen. Er residiert doch in diesem Hause?" Dora sah sich demonstrativ um.

„Haben Sie mich etwa observiert?", fragte Upper, statt auf Kosts Frage zu antworten. Kost sah amüsiert, dass Uppers Nase rot leuchtete.

„Lassen wir mal die Spielchen. Ich weiß, dass sich Lord hier versteckt. Vermutlich haben Sie ihm geholfen, aus dem Krankenhaus zu fliehen."

Jetzt lief sein ganzes Gesicht rot an. Er zögerte. Dann sagte er: „Fuck! Bekomme ich jetzt Ärger?"

„Gegen Ihren Freund liegt bisher nichts vor. Schwerverletzt das Hospital zu verlassen, ist auch keine Straftat. Also ist die Antwort, nein. Oder möchten Sie vielleicht den Mord an Maria Slataper gestehen? Sie waren da. Zur Tatzeit. Habe ich recht?"

„Jesus!", stieß Upper aus. Er ließ auch die zweite Tüte los. Es schepperte und Kost roch Alkohol. Upper machte mit beiden Händen eine abwehrende Geste. „Ich habe niemanden gekillt. Die Winzerin war schon tot, als ich sie aufsuchte. Please believe me. Ich wollte nur mit ihr reden. Aber sie hatte sich schon erhängt. Ich bekam Panik und bin abgehauen."

„Na schön. Das war natürlich nicht die feine Art. Ein Anruf beim Notarzt oder bei der Polizia wäre schon angebracht gewesen. Unterlassene Hilfeleistung nennt man das bei uns. Darüber sollen sich aber die italienischen Ermittler den Kopf zerbrechen." Kost war sich sicher, dass Upper die Wahrheit sagte. Dieser Hanswurst war zu keinem Mord fähig, der wie ein Suizid inszeniert worden war.

Jemand anders aber war dazu in der Lage gewesen. Deshalb befahl sie Upper: „Und jetzt verraten Sie mir erst einmal das Stockwerk und die Nummer der Wohnung, in der Lord untergekommen ist."

Köln

„Ich habe noch Prüfungen an der Uni abzunehmen. Danach, also in zwei Wochen, habe ich frei." Elke, seine neue Freundin, versprühte über das Telefon gute Laune.

Dieter wollte eigentlich seine Wohnung aufräumen. Auf das Gespräch mit Elke war er mental nicht vorbereitet. Ihm wurde klar, dass Elke mit ihm über ihren Urlaub sprechen wollte. Er setzte sich auf einen Stuhl mit dem Telefon in der Hand. Er holte tief Luft. „Willst du mir zu verstehen geben, dass wir gemeinsam Ferien machen sollen?"

„Was denn sonst?" Elkes gute Laune hörte sich jetzt vorwurfsvoll an.

„Ist das nicht etwas verfrüht? Wir stehen noch am Anfang unserer Beziehung", sagte Dieter.

„Ach was? Ich sage dir eins: Weder du noch ich werden jünger. Entscheide dich also, was du willst."

Zu einer Erwiderung kam er nicht. Elke hatte aufgelegt.

Dieter ärgerte sich über sich selbst. Das hatte er vermasselt. Frauen waren und blieben ein Mysterium.

Er beschloss, statt die Wohnung zu putzen, weiter an seinem Artikel über die Aktivitäten der Mafia in Deutschland zu arbeiten. Das würde ihn ablenken. Doch bevor er zu seinem Computer gehen konnte, vibrierte das Smartphone in seiner Jeanstasche.

Erreichbarkeit wird überschätzt, dachte Dieter, nahm aber Johannes Anruf entgegen.

„Weißt du, wo sich Dora herumtreibt?", fragte der ohne viele Umschweife.

„Bist du etwa eifersüchtig, mein Freund?", frotzelte Dieter. „Aber keine Angst, bei mir ist sie nicht."

„Verdammt! Ich kann sie nicht auf ihrem Handy erreichen. Auch bei ihr Zuhause meldet sich niemand."

„Ist es wichtig?"

„Doras Kollegin, Stammfeld, hat angerufen. Treibach wurde in Bergisch Gladbach erschossen. Die Kripo schließt nicht aus, dass sich der Killer in der Region aufhält."

„Fuck! Was ist das denn für ein Scheiß. Glaubst du, das ist der gleiche Typ, der die Leute in Italien unter die Radieschen verfrachtet hat?"

„Davon gehe ich aus. Wahrscheinlich dieser Lord, nach dem Dora sucht. Deshalb will ich sicher gehen, dass sie außer Gefahr ist. Vielleicht will Lord auch Dora töten. Ich rechne mit allem." Dieter hörte Johannes keuchen.

„Hm. Vielleicht war Dora nur kurz spazieren und hat ihr Handy überhört." Dieter überlegte. „Andererseits könnten deine Befürchtungen im schlechtesten Fall berechtigt sein."

„Du bist wirklich eine große Hilfe", stöhnte Johannes.

„Vorschlag", sagte Dieter. „Setz dich in deinen Wagen, hol mich an meiner Wohnung ab und wir fahren nach Frankenforst, um nach dem Rechten zu schauen. Dora sitzt sicher schon in ihrer Bude und liest irgendwelche Kriminalgeschichten."

Bensberg

Sie hatte Upper ins Hotel zurückgeschickt, Johannes auf seinem Smartphone angerufen, ihm ihren Plan erklärt und seine Einwände verworfen. Praktischerweise war er mit Dieter schon auf dem Weg ins Bergische. Sie sollten jeden Moment eintreffen. Mit Uppers verwaistem Baguette verhinderte sie, dass sich die Haustür schloss. Johannes und Dieter sollten keine Probleme haben, ins Hochhaus zu gelangen. Sie begab sich schon mal auf Lords Etage.

Nun stand sie seit einer gefühlten Ewigkeit vor Lords Tür. War es vernünftig, allein reinzugehen? Sie war sich nicht sicher, ob sie wirklich einen vernünftigen Plan hatte, um Lord zu überführen. Ihr kamen da so einige Zweifel. Aber es nützte nichts.

Jetzt oder nie, dachte sie und betätigte die Klingel rechts neben dem Türrahmen.

Ein schlürfendes Geräusch kündigte an, dass ihr geöffnet werden würde. Als die Tür langsam aufschwang, hörte sie, wie sich jemand beschwerte: „Buddy, du kommst spät. Hast du an den Bourbon gedacht?"

Es handelte sich um Lords Stimme. Bevor er ganz geöffnet hatte, nutzte Kost Lords Überraschung, sie statt Upper zu sehen, und drängte ihn resolut zurück in die Wohnung. Das war unerlässlich, um sicher zu gehen, dass er die Wohnungstür nicht schloss und ihr Plan funktionieren konnte. So fanden sie sich Auge in Auge in der

Mitte des Wohnzimmers wieder. Kost fiel die spärliche Einrichtung auf.

„Shit! Sie schon wieder!" Lord stand in Unterwäsche vor ihr. Seine Stimme klang zum ersten Mal, seitdem sie ihn kannte, wütend.

„Ganz recht. Ich sagte doch, ich lasse nicht locker", entgegnete Kost kühl.

„Wie haben Sie mich gefunden? Nein, sagen Sie nichts. Upper hat es Ihnen verraten."

„So ähnlich. Wieso haben Sie ungefragt das Krankenhaus verlassen?" Kost wollte Lords Stressfaktor hochhalten.

„Hat mir dort nicht gefallen. Das Essen war miserabel."

„Tatsächlich! Das hatte also nichts mit den Morden zu tun, die Sie im Friaul begangen haben? Im Übrigen ganz schlampige Arbeit, wenn Sie mich fragen", erklärte Kost.

„Ich sag Ihnen was, Cop", flüsterte Lord. „Ich bin ein Profi, in dem was ich tue, und ein Phantom, in dem, wie ich es tue. Es ist gegen mein Berufsethos, Spuren zu hinterlassen." Weder er noch Kost bewegten sich.

„Sie geben also zu, der Mörder der beiden Slatapers und Willkens zu sein?" Kost setzte in diesem Augenblick auf die Arroganz des Professionals, der seiner Sache zu sicher war.

„Well, Maria Slataper geht tatsächlich auf mein Konto", Lord lächelte stolz. „War genial gemacht von mir. Versuchen Sie ruhig einmal, das zu beweisen, Puppe. Unmöglich."

„Was ist mit Alessio Slataper und Karl Willkens?"

„No idea, wer die gekillt hat."

„Sie geben den Mord an Maria zu, bestreiten aber die beiden anderen?" Kost schüttelte den Kopf.

„Das ist jetzt wohl der Moment der Wahrheit zwischen uns beiden. Da haben Lügen nichts zu suchen." Während Lord das sagte, trat er zwei Schritte zurück. Er kam dem Wohnzimmertisch, auf dem Kost ein Brot und ein Brotmesser ausmachen konnte, gefährlich nahe.

„Nun haben wir genügend Worte gewechselt. Sie sollten jetzt gehen. Hit the road, bitch."

Kosts Nackenhaare stellten sich auf, als sie Lords Grinsen sah. Unter normalen Umständen hätte sie keine Chance gegen diesen Mann. Aber er litt unter den Folgen des Autounfalls. Daher schätzte sie ihre Aussichten optimistisch ein, als sie einen Satz auf ihn zu machte.

Doch Lord reagierte schneller, als sie gedacht hatte. Er verpasste ihr mit der linken Faust einen Haken in die Nieren. Danach schlug er ihr kalt lächelnd mit der bloßen Hand ins Gesicht. Lord sah sie nicht als ebenbürtige Gegnerin an. Das wurde ihr sofort klar. Blut tropfte aus ihrer Nase auf den Teppichboden.

Sie musste das Gleichgewicht ihres Gegenübers brechen. Sie versuchte, sich an ihre Judostunden und die Koshi-waza Hüftwurftechnik zu erinnern. Ein schwieriges Unterfangen in dieser Situation.

In diesem Moment stürmten Johannes und Dieter in die Wohnung. Keinen Moment zu spät, wie Kost fand.

Lord, sichtlich überrascht, war für einen Augenblick abgelenkt. Diesen nutzte Kost, sich an eine andere Kampftechnik erinnernd, um ihm einen professionellen Tritt in die Eier zu verpassen.

Der Amerikaner krümmte sich und die Kripobeamtin gab ihm und seinem Kinn mit ihrem Knie den Rest. Lord ging bewusstlos zu Boden.

„Ruf Bettina an", rief sie Johannes zu, der bewegungslos neben ihr stand und auf ihre blutende Nase starrte.

„Geht's dir gut?", war das Einzige, was er rauskriegte.

„Du blutest deine Jeansjacke voll", kommentierte Dieter.

„Mir geht's blendend. Ruft nun endlich einer die Polizei?"

Lord bewegte sich nicht. Er lag gefesselt auf dem billigen Teppichboden. Kost hatte sich mithilfe einer Gardinenschnur selbst darum gekümmert.

Johannes informierte Bettina Stammfeld und begutachtete dann zusammen mit Dieter Doras Gesicht. Ein paar blaue Flecken würden sie eine Zeitlang an dieses Abenteuer erinnern.

„Habt ihr gehört, was Lord über den Mord an Maria Slataper gesagt hat?", fragte Dora, nachdem sie Johannes das fünfte Taschentuch abgeknöpft hatte. Sie musste wissen, ob ihr Plan funktioniert hatte.

„Ja, wir haben an der Tür alles gehört", antwortete Johannes. „Allerdings bin ich immer noch der Meinung, dass deine Idee, Lord auf diese Art ein Geständnis abzuringen, total meschugge war."

„Diesmal muss ich Johannes recht geben. Das hätte ganz schön schief gehen können. Wir mussten sehr genau hinhören, um vom Flur aus überhaupt etwas mitzubekommen", erklärte Dieter. Er wollte wohl ein Lob von Dora hören.

„Glaubst du ihm, dass er nur Maria umgebracht hat?", fragte Johannes.

„Davon gehe ich aus. In dem Punkt hat er nicht gelogen."

„Verdammt!" Johannes hatte plötzlich einen entsetzten Gesichtsausdruck. „In der ganzen Hektik habe ich total verpennt, dir was Wichtiges mitzuteilen."

„Was soll das sein?"

„Du hättest Lord auch nach Treibach fragen sollen. Der ist nämlich auch tot."

VORDESSERT

Köln

Dora kühlte Nase und Wange mit einem der Kühlpads, die Johannes im Notfall für das schnelle Runterkühlen von Weißweinflaschen benutzte. Das kam allerdings selten vor, da er einen Weintemperierschrank besaß und die Auffassung vertrat, dass Wein sanft abgekühlt werden sollte. Die Pads waren jedoch zur Behandlung der Konsequenzen, die sich aus den Eskapaden seiner Kripofreundin ergaben, überraschend gut geeignet.

Johannes stand an seinem Herd und bemühte sich, ein ausgewogenes Mahl für seine Freunde zuzubereiten. Insbesondere sollten die Speisen nach der gewaltsamen Auseinandersetzung mit Lord den Adrenalinspiegel absenken. Zu diesem Zweck bediente er sich einiger alter Rezepte, die er im Laufe seines Lebens gesammelt hatte. Die Zutaten dafür hatte er sich auf ihrem Rückweg von Bensberg schnell bei seinem Bekannten Akisik, einem Spitzenkoch aus Refrath, besorgt.

Nachdem auch Mino wieder wach war, startete das Abendessen mit einem Pastinakensüppchen. Als Hauptgang servierte Johannes marinierte Matjesfilets auf Pumpernickel mit einem Apfel-Gurkensalat. Den Abschluss bildete eine Rotweinbirne auf Karamellsoße. Als Weinbegleitung hatte er eine Flasche Sylvaner von Stefan Vetter und einen Chardonnay R von Bernhard Huber geöffnet. Den musikali-

schen Hintergrund bildete George Bensons Album ‚White Rabbit'.
Also insgesamt der perfekte Rahmen für einen genussvollen Abend,
dachte Johannes. Er hatte jedoch während des Essens den Eindruck,
dass seine Gäste das dargebotene Menü nicht zu schätzten wussten.
Dora und Dieter schilderten Mino ihr Abenteuer mit Lord und
schaufelten sich nebenbei die Bissen in den Mund. Mino, der alles
verschlafen hatte, rührte das Essen vor Aufregung gar nicht an.
Das hatte er, der Koch, seines Erachtens nicht verdient.

Gleichwohl war ihr Tischgespräch sehr spannend. Lord hatte zwar
den Mord an Maria Slataper zugegeben, die anderen Tötungsdelikte
jedoch bestritten.

„Und wer, verdammt noch mal, hat Treibach erledigt?", fragte Dieter
in die Runde.

„Das könnte auch Lord gewesen sein. Er war ja in Bergisch Gladbach untergetaucht", erklärte Mino. Er nippte zumindest an dem
Chardonnay.

„Ob der dazu überhaupt in der Lage war, mit seinen schweren Verletzungen?", erwiderte Dieter. „In seinem kaputten Zustand konnte
sogar Dora ihn erledigen."

„Dankeschön, Ex-Dieter! Aber du könntest, was Lord betrifft, recht
haben. Ich habe eben mit Bettina telefoniert. Bei einer ersten Befra-
gung hat Lord den Mord an Treibach abgestritten. Wir könnten es
tatsächlich mit mehreren Tätern zu tun haben."

„Davvero? Ich dachte, mit Lord hätten wir unseren Killer", sagte Mino.

„Sieht nicht so aus. Was die Morde an Alessio Slataper, Karl Willkens
und Günther Treibach anbelangt, fischen wir weiterhin in trüben Ge-
wässern." Dora nahm einen Schluck Sylvaner.

„In dem Fall bleibt uns nichts anderes übrig, als uns dem Nachtisch
zuzuwenden, liebe Freunde. Also guten Appetit." Johannes versuchte
die Aufmerksamkeit wieder auf sein Menü zu lenken.

*

Sie hatten es rechtzeitig aus Italien zurück nach Köln geschafft. Zu seiner großen Freude konnten sie also an dem Degustationsmenü im KölnSKY teilnehmen.

Das hatte von Lofte auch dringend nötig. Nach ihrer Ankunft am Kölner Flughafen hatte er mit Dora und Johannes telefoniert. Er hatte eigentlich nur Paulas und seine Teilnahme bestätigen wollen. Stattdessen teilten sie ihm mit, dass Treibach ermordet worden war.

Von Lofte wusste, dass damit der Erwerb des friulanischen Weinguts in weite Ferne gerückt war. Treibach hatte sämtliche Verhandlungen geführt und von Lofte selbst hatte keine Ahnung, ob und wie es jetzt mit dem Projekt weitergehen sollte.

Wieder Zuhause machten sich seine depressiven Grundströmungen bemerkbar. Zu allem Überfluss schien Paula ein Granitblock von der Seele zu rollen. Das war nicht hilfreich.

Während er mit düsteren Gedanken auf dem Sofa hing, zwängte sich seine Freundin in seinem Schlafzimmer in ein kleines Schwarzes. Er schaute zu ihr hinüber. Eine melancholische Dankbarkeit überkam ihn. Paulas Anblick war umwerfend und versöhnte ihn mit der Welt. Zumindest für den Moment.

*

„Herr Upper, Sie können gehen", sagte Stammfeld.

Er atmete auf.

„Halten Sie sich aber für weitere Fragen zur Verfügung."

Upper nickte und wischte sich zum wiederholten Mal den Schweiß von der Stirn.

Die Polizistin ließ seinen Reisepass in ihrer Schreibtischschublade verschwinden und gab dem anwesenden Beamten die Anweisung, ihn aus dem Gebäude zu begleiten. Upper stand von seinem Stuhl auf und nuschelte ein ‚goodbye‘.

Vor dem Polizeipräsidium versuchte er sich zu sammeln. Diese Stammfeld war eine ganz harte Nummer. Ihre stundenlangen Verhöre hatten ihn ziemlich zermürbt, aber einen Mord hatte sie ihm nicht nachweisen können. Hilfreich war natürlich, dass Lord den Mord an der Slataper gestanden hatte.

Unterlassene Hilfeleistung stand noch im Raum. Da würde noch etwas aus Italien auf ihn zukommen. Das war Upper bewusst.

Aber erst einmal war er glücklich, aus der Mordsache raus zu sein und an der Big Bottle Party teilnehmen zu können. Das würde ihn ablenken. Er würde es heute Abend richtig krachen und den lieben Gott einen guten Mann sein lassen.

Er stand in seinem Hotelzimmer vor dem Spiegel und richtete seine leuchtend blaue Krawatte. Dazu trug er einen schwarzen Einreiher.

Gut sah er aus. Vielleicht, spekulierte er, *tut sich ja auch was an der erotischen Front.*

✳

Mino und Johannes standen vor seiner Wohnungstür. Johannes in seinem besten Anzug und Mino in verwaschenen Jeans, die er mit einem cremefarbenen Hemd kombiniert hatte, das er über der Hose trug. Sie waren startbereit. Die Party wartete.

Nur Dora war noch mal im Bad verschwunden. Sie wollte noch irgendetwas zurechtrücken. Für Johannes sprach seine Freundin in Rätseln. Aber schon während seiner ersten Ehe hatte er gelernt, dass es nur zwei Gewissheiten im Leben eines Mannes gab: Prostataprobleme und durch Frauen verursachte Wartezeiten. Er blieb also gelassen.

Mino dagegen wirkte nervös. Der Italiener machte einen abgespannten Eindruck.

Kein Wunder. Vermutlich die Nachwirkungen der schrecklichen Ereignisse und der langen Fahrt, dachte Johannes.

Als sich Dora endlich aus dem Bad bequemte, verschlug es den Männern die Sprache. Enges schwarzes Kostüm in dezenter Lederoptik, schwarze High Heels und ein, auf drei Hingucker reduziertes Schmuckstatement.

Sexy, war das Einzige, woran Johannes denken konnte. Dass Dora die blauen Flecken in ihrem Gesicht nicht komplett überschminkt hatte, tat ihrer Attraktivität keinen Abbruch.

Dora zuckte die Schultern. „Sorry. Die blöde Brustprothese war verrutscht."

Er hatte bis jetzt dreimal die Fenster und fünfmal den Herd kontrolliert. Nun war er endlich in der Lage, seine Wohnung zu verlassen. Wurde auch Zeit. Die Big Bottle Party in Deutz würde in Kürze starten und Dieter wollte keinesfalls zu spät kommen. Deshalb hatte er auch schon vor zwei Stunden geduscht und sich ausgehbereit gemacht. So hatte er noch genügend Zeit gehabt, seine Kontrollgänge durch das Appartement zu machen.

Seine Freunde und er würden feiern und sicherlich einigen Spaß haben. Schade nur, dass Elke nicht kommen konnte. Sie war wegen ihrer Arbeit in Münster verhindert. Außerdem war das Urlaubsthema weiterhin offen.

Als dämlich empfand er auch die Tatsache, dass irgendwo da draußen immer noch ein Mörder frei herumlief.

Scheiß drauf, sagte er sich. *Man kann halt nicht alle erwischen.*

Mit voller Konzentration verschloss er seine Wohnung. Zu seiner Überraschung stellte er fest, dass er nun doch recht früh dran war. Trotzdem würde er aufbrechen, denn er hatte gerade viermal gecheckt, ob seine Tür auch wirklich abgeschlossenen war. Diese Sicherheit wollte er nicht aufgeben, indem er erneut die Wohnung öffnete, um dort noch etwas zu warten.

*

Zum wiederholten Male inspizierte Christian Willkens die Temperatur seiner Sektflaschen. Der Schaumwein musste unbedingt korrekt gekühlt sein, bevor er dem anspruchsvollen Publikum kredenzt wurde. Einige frühe Gäste waren bereits eingetroffen. In Kürze würden die Kellner mit den ersten Gläsern ihres Pinot Noir Sekts herumgehen.

Krawald hatte ihnen erklärt, dass hier, hoch über dem Rhein im KölnSKY, Profis am Werk waren, und sein Bruder und er sich keine Sorgen machen mussten. Dennoch war er nervös darauf bedacht, dass alles richtig vorbereitet war.

Trotz der Hektik verströmte das Ehepaar Stern, die Organisatoren der Verkostung, eine gelassene Atmosphäre. Frau Stern nahm jeden einzelnen festlich gedeckten Tisch genauestens unter die Lupe und Herr Stern sprach mit jedem der anwesenden Winzer die Gang- und Weinfolge durch.

Also alles im Lot, sagte sich Christian Willkens. *Aber wo war nur sein Zwillingsbruder abgeblieben?*

Er schaute sich um und entdeckte seinen Bruder an der Bartheke. Er unterhielt sich angeregt mit Ludwig Nagel, dem berühmten Ahrwinzer.

Christian eilte zu den beiden, um Kurt daran zu erinnern, warum sie hier waren. Schließlich ging es um die erfolgreiche Vermarktung ihres Spitzenprodukts und den Bestand ihres Weinguts. Nach dem Tod ihres Vaters war es wichtig, dass die Weinwelt sie als seine legitimen Nachfolger akzeptierte.

Nagel erzählte gerade von einem friulanischen Weingut, dass er erwerben wollte. Kurt entgegnete ihm, dass auch sie kürzlich im Friaul gewesen waren und die Gegend in der Tat ganz schön sei.

Verdammt! Sein Bruder musste sich in Gegenwart des großen Weinmachers wieder einmal wichtigmachen. Dabei hatten sie vereinbart, niemandem von ihrem Italientrip zu erzählen.

IL DOLCE

Köln Deutz

Sie befand sich das erste Mal hier oben. Der Ausblick von der 28. Etage des KölnSKY war außergewöhnlich. Das Wetter spielte mit und sie konnte die gesamte Kölner Innenstadt überblicken. Sowie auch die Landschaft weit darüber hinaus. Blickte sie im Halbrund des Turms Richtung Osten, war es Dora beinahe möglich, durch die riesige Fensterfront ihre Wohnung im Bergischen zu sehen.

Johannes stellte sich neben sie und küsste sie auf die Wange.

„Aua!", sagte Dora. „Vorsicht, du Rüpel. An der Stelle bin ich, wie du wissen solltest, demoliert." Sie lächelte ihren Freund gleichwohl an.

„Entschuldigung. Ich dachte eigentlich, du wärst härter im Nehmen."

„Scheusal." Dora nahm seine Hand und erwiderte seinen Kuss.

Herr Stern kam mit einem Tablett Sektgläser auf sie zu. „Hallo Johannes, lange nicht gesehen."

„Meine neue Beziehung ist sehr zeitintensiv", antwortete Johannes und deutete mit dem Daumen auf Dora.

„Wir Frauen sind immer schuld", sagte sie. „Dorothea Kost, sehr erfreut, Herr Stern."

„Ich bin der Michael."

„Schön, dann kannst du mich Dora nennen."

Sie schnappten sich zwei Gläser, Stern entschuldigte sich und ging zur nächsten Gruppe Gäste.

Dieter trat zu ihnen und begrüßte die beiden. „Hi, ihr Turteltauben. Bewundert ihr etwa dieses dekadente Panorama? Für meinen Geschmack ist das einfach too much."

„Musst du wieder rumstänkern?", entgegnete Dora. „Lass uns den Abend doch einfach nur genießen."

„Alles klar. Kein Problem", sagte Dieter. „Aber soll ich euch mal eine interessante Story erzählen?"

„Können wir das nicht auf Morgen verschieben?", fragte Johannes.

„Nö. Also Folgendes: Ich war ein bisschen früher da als ihr und wollte mir schon mal einen Drink an der Bar genehmigen. Und da bekomme ich so nebenbei mit, wie sich zwei Typen einander vorstellen. Der eine sagt: ‚Hallo Herr Nagel. Es ist mir eine Ehre, Sie hier zu treffen. Mein Name ist Kurt Willkens vom Weingut Talerberg.'" Dieter stockte. „Soll ich weitererzählen?"

„Moment mal", unterbrach Johannes. „Karl Willkens Sohn ist hier? Einer der Söhne, von denen uns Willkens in Italien nicht gerade Schmeichelhaftes erzählte?"

„Genau genommen sind beide Söhne auf dieser Veranstaltung. Ihr trinkt gerade ihre Plörre."

Dora musterte ihr Sektglas. „Nun gut. Das ist ja für sich genommen noch keine Sensation." Sie nahm einen Schluck. „Das hier ist ein Essen mit Weinverkostung und sie stellen ihre Weine vor."

„Das machen die sicher auch. Aber Nagel erzählte, dass er Slatapers Weingut kaufen möchte."

„Hm", machte Johannes und zog die Stirn in Falten.

„Ist euch auch bekannt …", Dieter atmete tief ein und schaute beiden Freunden in die Augen um die Spannung zu erhöhen, „dass Willkens Söhne erst vor Kurzem im Friaul waren? Das hat Kurt zumindest gegenüber Nagel behauptet. Gebt ruhig zu, das sind doch mal Neuigkeiten."

„Interessante Wendung", bestätigte Dora. „Du bist doch zu etwas zu gebrauchen, Dieter."

„Yep!" entgegnete Dieter.

„Warum sind sie ins Friaul gereist?", fragte sich Johannes laut.

„Sicher nicht wegen des schönen Wetters", sagte Dora. „Die sind ihrem Vater gefolgt."

„Um was zu tun?" Johannes kratzte sich nervös an der Stirn.

„Um ihn umzubringen", warf Dieter ein. Er grinste breit.

„Das liegt im Bereich des Möglichen", erwiderte Dora. „Es könnte sein, dass sie gegen den Erwerb des italienischen Weinguts waren. Karl machte auf mich den Eindruck, als könnte er ganz schön stur sein. Auf die Meinung seiner Söhne gab er nicht viel. Das hat er uns erzählt. Vielleicht sahen seine Söhne nur *einen* Weg, ihn eines Besseren zu belehren."

„Aber ihn gleich umbringen? Meine Güte, das kann ich nicht glauben. Dazu bedarf es doch einer gewissen Kaltblütigkeit." Johannes kratzte sich am Hinterkopf.

„Du weißt aber auch, dass die meisten Morde innerhalb der Familie geschehen?", stellte Dora klar.

„Das würde auch den Mord an Slataper erklären. Das war ein Abwasch. Aber wie erklärst du den Mord an Treibach?", fragte Dieter.

„Gar nicht. Dafür haben Willkens Söhne kein Motiv."

„Also gibt es noch einen weiteren Killer", stellte Dieter fest.

„Das werden ja immer mehr", rief Johannes.

„Oder es war doch Lord. Er gibt es nur nicht zu", sagte Dieter. „Vielleicht wurde er von der Mafia beauftragt."

„Wir sollten mit solchen Hypothesen sehr vorsichtig sein", sagte Dora. „Wir behalten diese Information erst einmal im Hinterkopf.

Du, Johannes, kennst Nagel gut. Du solltest ihn später mal bei einem Glas Wein ansprechen. Vielleicht weiß er noch mehr über die Gebrüder Willkens. Dieter und ich machen uns an Karl Willkens Söhne heran. Mal sehen, was wir über deren Italienurlaub erfahren können. Aber da kommen Paula und Maximilian."

Dora zeigte auf ihren Tisch, an dem Mino als Einziger schon Platz genommen hatte. Die Ärztin und der Künstler begrüßten ihn gerade. Und auch Doras Gruppe löste sich von dem grandiosen Rundblick, um die Freunde willkommen zu heißen.

Die Spekulationen an ihrem Tisch gediehen wie Wildwuchs im Dschungel. Jeder hatte seine eigene Theorie darüber, wer wen ermordet hatte. Erst Johannes lenkte das Interesse seiner Freunde wieder auf die Sache, wegen derer sie hier waren: Das Essen und das Trinken.

Die slowenische Spitzenköchin Alina Josko hatte für diese Veranstaltung ihren heimischen Herd in Kobarid verlassen und kochte groß auf. Zu jedem der sieben Gänge gab es je zwei Weine aus Großflaschen der eingeladenen Spitzenwinzer.

Den Anfang machte eine Auster mit Seegrasvariationen. Dazu tranken die Gäste den Pinot Noir Sekt vom Weingut Talerberg und einen Blanc de Noir vom Sekthaus Raumland.

Dora war nicht so der Austernfan und ließ die glibbrige Delikatesse mit möglichst geringem Gaumenkontakt ihre Geschmacksnerven passieren. Danach spülte sie mit Sekt kräftig nach.

Dieter schien es dagegen zu schmecken. Sein Teller war ruck zuck leer und er konfrontierte die Gesellschaft mit seiner Lösung der Mordfälle. „Lord hat Maria Slataper und Treibach gekillt, die Willkens Brut ihren Vater und Alessio Slataper. Das scheint mir am wahrscheinlichsten zu sein."

Paula schaltete sich in die Diskussion ein. Es war ihr wie immer ein Vergnügen, Dieter zu widersprechen. „Also nachdem ich mir das alles angehört habe – übrigens die Konfrontation mit Lord war ziemlich bekloppt von dir, Dora – möchte ich Herrn Upper nicht ganz aus dem Kreis der Verdächtigen ausschließen. Er hatte für alle Morde ein Motiv."

„Ein Sommelier, der nicht nur Rotwein, sondern auch Blut vergießt. Gewagte These, meine Liebe", gab Maximilian seinen Senf dazu und erntete dafür einen giftigen Blick von Paula.

„Wenn ihr mich fragt: Ich halte Lord für den alleinigen Täter." Mino machte ein ernstes Gesicht und schien sich seiner Sache sehr sicher zu sein. Allerdings, das war Dora bewusst, hatte er für seine Behauptung auch starke persönliche Gründe. Die Slatapers waren enge Freunde gewesen. Lord war für ihn zum Feindbild geworden. Dennoch fand sie Minos Fokussierung auf Lord zu engstirnig.

„Er gibt nur den Mord zu, zu dem Dora sowieso sein Geständnis hatte. Die anderen verschweigt er. Halt ganz Profi. Er weiß, dass man ihm die nicht nachweisen kann. Das ist durchaus glaubhaft. Was meinst du, Dora?", fragte Johannes.

„Ich glaube wir sollten uns auf den zweiten Gang freuen. Der sieht zu meiner Begeisterung nach etwas aus, das eine definierbare Konsistenz aufweist."

Der Gang hieß schlicht ‚Bauernsuppe' und bestand aus einer Mischung aus Fleischbrühe und Wein. Darin fanden sich hauchdünne Ravioli, die mit Ricotta und einer delikaten Kräutermischung gefüllt waren. Dies behauptete zumindest der Kellner, der sie bediente. Dora konnte das nicht so eindeutig herausschmecken. Dennoch war die Kombination großartig. Dazu korrespondierten die beiden kredenzten Rieslinge perfekt. Ein Hallgartener Hendelberg von Peter Jakob Kühn und ein Grainhübel vom Weingut von Winning.

Die Heftigkeit der Diskussionen am Tisch verminderte sich auch während der nächsten zwei Gänge kaum. Die ‚Momente der Einkehr', Wolfsbarsch in roher, marinierter und gebratener Konsistenz und die ‚Sonnenstrahlen im Walddickicht', Pilze, Tannenspitzen, und Moos gepaart mit Variationen vom Wildschwein, veranlasste die Runde keineswegs zu einem genießerischen Schweigen. Auch die Spitzengewächse der Winzer Dönhoff, Korrell, Friedrich Becker und Meyer-Näkel waren nicht in der Lage, den allgemeinen Redefluss zu bremsen.

Dora nutzte das verbale Chaos, um ihren Platz zu verlassen und nach den Willkens-Zwillingen Ausschau zu halten. Sie entdeckte sie an der Bar. Beide hatten ein Glas Weißwein in der Hand und unterhielten sich zu Doras Überraschung angeregt mit Robert Upper.

„Guten Abend die Herren", platzte sie in das Gespräch der Männer. „Darf ich stören?" Dabei sah sie Upper amüsiert in die Augen.

„Holy shit! Frau Kost! Mit Ihnen habe nicht gerechnet", rief Upper. Er schien schon etwas angeheitert.

„Aber Herr Sommelier. Sie wissen doch, mein Freund ist Restaurantkritiker und Weinpapst in einer Person. Da ist das hier ein absolutes Pflichtprogramm. Was trinken Sie gerade?"

Kurt Willkens antwortete, indem er zuerst seinen Bruder und dann sich vorstellte. Dann beschrieb er den Wein: „Wir probieren den Riesling von Kühn. Eine sehr schöne Mineralität, wenn Sie mich fragen."

„Nehme ich auch. Übrigens, mein herzliches Beileid zu Ihrem schweren Verlust. Wir haben Ihren Vater in Italien kennengelernt und verbrachten einige sehr angenehme Stunden mit ihm."

Kurt Willkens machte ein überraschtes Gesicht.

„Vielen Dank für Ihr Mitgefühl", erwiderte Christian Willkens schnell. „Wir vermissen ihn sehr. Auf dem Weingut Talerberg und in unserem Leben. Für unsere Mutter ist es besonders schwer."

„Haben Sie eine Idee, wer Ihrem Vater so etwas antun konnte? Hatte er Feinde?" Dora nippte an ihrem Glas, das ihr der Barmann gereicht hatte.

„Unser Vater war sicher kein einfacher Charakter. Mit seiner Starrköpfigkeit ist er oft angeeckt. Aber dass ihn deswegen jemand umbringt, hätten wir uns nicht vorstellen können."

„Waren Sie eigentlich in die Verhandlungen Ihres Vaters zum Erwerb des friulanischen Weinguts eingebunden?" *Frechheit siegt*, sagte sich Dora.

„Das lag in der Verantwortung unseres Vaters. Wir haben uns währenddessen um das Weingut in Nittel gekümmert."

„Merkwürdig", entgegnete Dora. „Ich habe läuten hören, dass Sie auch kürzlich im Friaul waren. Sie haben dort nicht Ihren Vater getroffen?" Ihr Blick durchbohrte die Brüder, einen nach dem anderen. „Wieso waren Sie dann da?"

Nun schaltete sich Upper ein. „Ich wollte eben ja nichts sagen. Aber unsere Frau Kost hier ist ein Cop. Also Attention."

„Halten Sie sich mal lieber an Ihrem Glas fest, Herr Weinkenner. Mit Ihnen bin ich noch nicht fertig", sagte Dora.

Upper zuckte zusammen. „In dem Fall möchte ich mich zurückziehen und den weiteren Abend genießen. Bye!"

Für seinen betrunkenen Zustand machte Upper eine recht gute Figur, als er zu seinem Tisch zurücklief.

Ein erfahrener Säufer eben, dachte Kost und wandte sich wieder den Brüdern zu.

Die sahen nicht wirklich glücklich aus. Kurt brachte stotternd keine zwei Sätze heraus. Deswegen sprang ihm wiederum Christian zur Seite und erzählte Dora die Geschichte ihres Lebens unter der Fuchtel eines selbstgerechten und sturen Familienoberhauptes.

„Die Entscheidung unseres Vaters, ein Weingut in Italien zu kaufen, hielten wir für zu riskant. Vater hat aber an dieser fixen Idee festgehalten. Deswegen sind wir ihm nach Italien gefolgt. Wir wollten ihn vor dieser Dummheit bewahren."

Dora akzeptierte diese Begründung zunächst einmal und ließ die Geschwister allein an der Bar zurück. Sie setzte sich wieder auf ihren Stuhl und berichtete den Anwesenden von ihrem Gespräch mit den Willkens-Zwillingen.

Im Menü folgte nun der ,Sommerausflug auf die Wiese', bei dem man verschiedenen Fleischstücken vom Chianina- und Wagyu-Rind begegnen konnte, die mit essbaren Blumen und Unkraut gepaart waren. Dazu gab es schwere Weine. Das Kreuz vom Weingut Rings und der Lemberger ,Seguin Moreau' vom Winzer Merkle.

„Glaubst du den Willkens-Brüdern?", fragte Dieter, schon etwas betrunken.

„Natürlich. Und damit haben sie mir auch ein Mordmotiv geliefert. Sie wollten ihren Betrieb retten", antwortete Dora.

„Was für Trottel!", meinte Dieter.

„Das kann man aber nicht unbedingt als typisches Täterverhalten einstufen." Maximilian versuchte sich als Hobbydetektiv. „Das Motiv zur Tat der Kriminalistin frei Haus mitzuliefern, meine ich."

„Sehr verzwickt", murmelte Johannes und ließ sich ,Das Kreuz' nachschenken. „Ich werde mal mit Nagel sprechen. Vielleicht kann der uns weiterhelfen." Mit diesen Worten stand Johannes auf und verließ ihren Tisch.

„Egal, was ihr glaubt. Es war Lord", war Minos einziger Kommentar. Der Italiener hatte bisher wenig gesprochen. Das Essen fand er annehmbar, obwohl er die einfachere Küche mehr mochte. Das machte ihn in Doras Augen sehr sympathisch. Sie prostete ihm zu und lächelte ihn über die Tafel an.

Dann gab es die Nachspeisen. Das Vordessert hieß Hommage à Vintage, Creme Brùlee 2.0 und das Hauptdessert nannte sich Riphahn-Kontemplation und lieferte tiefe Erkenntnisse über das Wesen der Schokolade. Riesling Beerenauslesen von Johann Josef Prüm und Egon Müller rundeten die Sache ab.

Dora war platt. In diesem Moment kam Johannes zurück. „Ihr werdet nicht glauben, was ich vom Winzer Nagel erfahren habe."

„Konnte er dir etwas sagen, was wir noch nicht wissen?", fragte Dieter gequält.

„Der Mord an Treibach beschäftigt ihn natürlich. Er wollte ja mit ihm zusammen das Weingut der Slatapers erwerben. Aber ansonsten wusste er nicht viel. Auch die Willkens-Zwillinge kennt er nur flüchtig. Hier gibt es also nichts Neues."

„Warum erzählst du uns das dann?", fragte Paula. Sie wirkte genervt.

Johannes ließ die Bombe platzen. „Nagel beabsichtigt weiterhin das Weingut zu kaufen. Auch ohne Treibachs Geld. Er will seinen Investitionsteil aufstocken. Und er hat mich gefragt, ob ich mit einsteigen möchte. Er meinte nur, dass ich mit meinem Fachwissen genau der Richtige für dieses Engagement wäre."

„Wie bitte?", schrien Dora und Paula im Chor.

„Kein Scherz. Mit Nagel an meiner Seite produzieren wir sehr bald Kultweine in Italien. Ist doch super."

Mino erhob sich. „Scusi, ich suche kurz das Bad auf."

Dora ignorierte den Italiener. „Mein Gott, Johannes, musst du voll sein, wenn du auf einen solchen Schwachsinn reinfällst", sagte Dora. „Schlaf erst mal deinen Rausch aus, bevor du solch schwerwiegende Entscheidungen triffst."

Aber schon mischte sich Maximilian ein. „Ich bin auch mit von der Partie. Wenn Nagel die Leitung des Weinguts übernimmt, übernehme ich einen Teil des Kaufpreises."

„Nur über meine Leiche!" Paula hyperventilierte.

„Mach dir keine Sorgen, Liebling. Ich wollte dir schon längst etwas mitgeteilt haben. Ich bin nur noch nicht dazu gekommen."

„Was denn jetzt schon wieder?" Paula verzweifelte.

„Ich habe vor Kurzem eins meiner Bilder an einen ambitionierten Kunstsammler veräußern können."

„Etwa eins deiner Brückenportraits? Ich dachte, die hättest du längst alle verkauft? Da ich deine Preise aber kenne, kann ich dir mit Sicherheit sagen, dass die Summe, die du dafür eingestrichen haben solltest, sicher nicht ausreichen wird, um Winzer zu spielen."

„Wer spricht denn hier von Brücken? Ich habe mein erstes abstraktes Bild verkauft. Es handelt sich um eine avantgardistische Reminiszenz an Piet Mondrian und Pablo Picasso. Der Käufer meinte nur, es sei die logische Weiterentwicklung meines Blickes auf die Welt als Künstler."

„Und?" Paula klang nun wirklich sauer.

„Und jetzt bin ich reich."

Dora wunderte sich über Maximilians überbreites Grinsen. So hatte sie ihn noch nie zuvor gesehen.

Paula dagegen war in Schockstarre gefallen.

Dieses Spiel hatten sie verloren. Das wurde Dora schlagartig deutlich, als sie Johannes und Maximilian im Gespräch mit Ludwig Nagel beobachtete. Die drei Männer heckten Pläne für ihr zukünftiges Weingutsprojekt aus. Paula und sie nippten an ihren Gläsern und zuckten mit den Schultern. Paula zitierte zudem einen Ausspruch Arno Schmidts aus einem seiner Interviews: „Die Welt ist groß genug, damit wir alle darin Unrecht haben können."

„Du meinst also, wir sollten das unseren Männern durchgehen lassen?", fragte Dora.

„Auch Männer sind nur Menschen. Wir sollten ihre Wünsche

zuweilen tolerieren."

„In einem sehr überschaubaren Rahmen."

„Selbstredend. Sonst werden sie noch übermütig."

Dora sah sich im Veranstaltungsraum um. Es war schon spät und viele der Gäste hatten den Turm bereits verlassen.

Ganz in der Nähe der Dreiergruppe mit Johannes, Maximilian und dem Winzer Nagel entdeckte sie Robert Upper. Er hielt eine 3-Liter-Flasche am Flaschenhals fest. Sie war fast leer. Er selbst machte keinen sehr standfesten Eindruck mehr. Er musste ganz schön getankt haben. Dessen ungeachtet belauschte der Sommelier offenkundig das Gespräch der drei Männer. Immer wieder schüttelte er den Kopf. Dora machte Paula ein Zeichen und die beiden Frauen gingen zu ihren Männern hinüber. In diesem Augenblick begann Upper zu zetern: „I…i…ihr A…Amateure w…wollt mein W…W…..Weingut kaufen?"

Upper war voll, wütend und auf Streit aus.

Kommt jetzt Uppers wahres Ich zum Vorschein?, fragte sich Dora. Interessiert verfolgte sie, was nun passierte.

„Fuck! Isch b…b…bring euch um!", wütete Upper. Er entwickelte plötzlich ungeahnte Kräfte und stürzte mit erhobener Weinflasche auf die Männer zu.

Paula schrie spitz auf.

Die Gruppe der Männer sprengte überrascht auseinander.

Dora versuchte, mit einem Sprung Upper zu stoppen, verfehlte ihn aber knapp.

Doch Mino, der gerade von der Toilette zurückkehrte, fing den Betrunkenen mitten in der Bewegung ab. Er packte gleichzeitig die Flasche und die Schulter des Sommeliers. Bei dieser Aktion ging Upper fast wie von selbst zu Boden. Er wirkte unvermittelt wie eine Marionette ohne Marionettenspieler, schlaff und ohne Willenskraft. Der Alkohol hatte ihn endgültig besiegt. Jetzt saß er auf seinem

Hosenboden und heulte wie ein Schlosshund. Dora konnte es nur vermuten: Uppers Lebenstraum war soeben vollends zerbrochen.

Upper war auf dem Weg ins Krankenhaus, Diagnose Alkoholvergiftung.

Für den Sommelier sicher auch eine ungewohnte Erfahrung, dachte Dora.

Paula, Maximilian, Dieter, Mino, Johannes und sie saßen an ihrem Tisch und ließen die letzten Geschehnisse bei einem finalen Glas Riesling Revue passieren.

„Ist Upper jetzt der Killer oder nicht?", fragte Dieter.

„Im betrunkenen Zustand sagt man oft Dinge, die man nicht so meint. Bettina wird die Wahrheit schon aus ihm herausquetschen."

„Also an sich sagt man ja ‚Kinder und Betrunkene sagen immer die Wahrheit'. Deshalb glaube ich, dass er schuldig ist." Johannes war noch etwas bleich um die Nase. Er hatte sich ganz schön erschrocken, als Upper auf ihn losgegangen war.

„Wir sollten uns bemühen, niemanden zu verurteilen, bevor seine Schuld nicht zweifelsfrei erwiesen ist", bemerkte Maximilian. „Ich würde daher vorschlagen, dieses der Kriminalpolizei zu überlassen."

„Aber stoßen wir ruhig noch mal auf unseren Helden an. In Zeiten größter Gefahr behält er einen kühlen Kopf. Ihn zeichnen Wagemut und katzenartige Reflexe aus. Mino, du warst großartig." Johannes erhob sein Glas und die anderen taten es ihm gleich, um auf Mino Urban anzustoßen.

Mino starrte auf seine Hände. Ihm war diese Lobhudelei unangenehm. Das sah Dora ihm an. Der Italiener war allerdings auch nicht mehr ganz nüchtern und wirkte müde.

„Denkt ihr eigentlich wirklich daran, das Weingut von den Slatapers zu kaufen?", fragte Mino unvermittelt.

„Wir werden uns in den nächsten Tagen mit Ludwig Nagel zusammensetzen und die Details besprechen", antwortete Johannes. „Aber aus heutiger Sicht würde ich sagen, dass dem Kauf nichts Gravierendes im Wege steht. Das Kapital kriegen wir zusammen, die Töchter der Slatapers wollen verkaufen und mit Nagel steht uns ein echter Experte für ein solches Projekt zur Seite. Sieht gut aus."

Mino räusperte sich. „Haltet ihr das für eine gute Idee? Unser Friaul hat schwer mit dem Klimawandel zu kämpfen. In manchen Jahren haben wir kaum Regen, in anderen werden unsere Weinberge überflutet. Die Erträge werden immer geringer. Das wirtschaftliche Risiko wird von Jahr zu Jahr größer. Möchtet ihr euch das echt antun?" Er hatte einen seltsamen Unterton in seiner Stimme. *Resigniert,* dachte Dora.

Paula sah in Maximilians Richtung und schüttelte vehement den Kopf.

Aber Johannes antwortete: „Der Risiken sind wir uns bewusst. Es ist ein Wagnis. Aber manchmal muss man vom sicheren Weg abbiegen, um ein Leben spendendes Abenteuer zu erleben." Johannes machte eine Kunstpause und ergänzte grinsend: „Nur deshalb kommen Ehen zustande."

Dora sah Johannes an und schnitt eine Grimasse.

„Mach dir keine Sorgen um uns, Mino. Das wird schon hinhauen", ergänzte Maximilian.

„Es sind deswegen aber schon vier Menschen gestorben. Hoffentlich seid ihr nicht die nächsten", insistierte Mino. „Der Mörder ist ja möglicherweise noch auf freiem Fuß."

Für Dora klang das wie eine Drohung. Sie schaltete sich ein. „Wie meinst du das?"

„Du sagtest doch selbst, dass Upper nicht zwingend der Mörder sein muss", antwortete Mino.

„Das meine ich nicht. Du glaubst, dass Johannes und Maximilian in Gefahr sind, wenn sie das Weingut kaufen wollen?"

„Ist doch vorstellbar. Glaubst du doch auch?"

„Schon. Aber was ist das Motiv des Mörders? Wenn Upper der Täter ist, tötete er die anderen, um an das Weingut heranzukommen. Lord hat deswegen gemordet. Aber Johannes und Maximilian haben keine Konkurrenz mehr. Alle Interessenten sind tot oder in Polizeigewahrsam. Warum sollten sie also in Gefahr schweben? Hast du da eine Idee, Mino?" Dora kniff die Augen zusammen, versuchte nüchtern zu wirken.

„Du hast doch an Marias Ansichten gesehen, dass die Einheimischen es nur ungern sehen, wenn ihr Grund und Boden an den höchstbietenden Ausländer verschachert wird. Die Menschen, die im Friaul leben, kommen aus allen Herren Ländern. Sie waren Vertriebene und Gehetzte, haben es aber geschafft, sich eine neue Heimat aufzubauen. Mit Schweiß, Blut und Tränen. Und nun zahlen wir Norditaliener mit unserem Fleiß auch noch für die Schulden, die der faule Süden Italiens produziert. Das empfinden viele nicht als fair."

„Maria hat auf jeden Fall so gedacht", attestierte Dora. „Wo liegen denn deine Wurzeln, Mino?"

„Ich entstamme einer österreich-slowenisch-italienischen Linie. Aber das Friaul ist jetzt die einzige Heimat meiner Familie und mir, die ich kenne."

„Kannst du mir eine wichtige Frage beantworten? War Maria ihre Heimat wichtiger als ihr Mann?", fragte Dora.

Mino runzelte die Stirn. „Bei uns heißt es ,Land vor Familie vor Freunden'. Das Land ernährt uns. Ohne es wären wir die Bettler und Vagabunden Europas."

„Kannst du dir vorstellen, dass Maria deshalb ihren Mann und Willkens umbrachte?"

Mino schluckte zweimal. Er sah Dora direkt in die Augen. Sein Blick war trübe. Dann erwiderte er: „Ja."

„Aus demselben Grund wurde auch Treibach getötet? Er wollte euer Land."

„Ja."

„Das kann Maria aber nicht mehr gewesen sein. Zu Treibachs Todeszeitpunkt weilte sie nicht mehr unter uns. Gibst du mir in diesem Punkt recht?"

Mino Blick senkte sich auf das Weinglas in seiner Hand. „Ja", hauchte er.

Dora erinnerte sich, dass Mino insbesondere an den Fakten für den Mord an Maria Slataper interessiert gewesen war. Als Verantwortlichen für diese Tat hatten sie schließlich Jim Lord ermittelt. Die anderen Tötungsdelikte hatte er so gut wie nie erwähnt. Doras Schlussfolgerung: Diesen Mörder kannte er.

„Maria und du wart wie Bruder und Schwester. Habe ich Recht?" Dora begann weiter in Minos Gefühlswelt einzudringen.

Ohne zu zögern antwortete er. „Ja."

„Ihr habt oft gemeinsame Sache gemacht?"

„Ja."

„Wann habt ihr beide beschlossen, Alessio und Willkens zu stoppen?"

„Zwei Wochen vor ihrem Treffen."

„Und du hast die Angelegenheit dann aus der Welt geschafft." Dora formulierte es nicht als Frage, sondern als Feststellung.

„Mit meinem Jagdgewehr. Ich bin ein guter Schütze."

„Treibach war auch im Weg."

„Ja."

„Er musste auch sterben."

„Für mein Friaul!"

DIGESTIF

Collio

„Ich habe jetzt monatelang keinen Alkohol getrunken. Also seid auf der Hut. Heute, in dieser illustren Runde, schlage ich zu." Johannes war gut drauf. Maximilian und er hatten zusammen mit Ludwig Nagel das Weingut der Slatapers erworben.

Aus diesem Anlass waren sie zu einer großen Feier nach San Floriano del Collio gereist. Paula und sie hatten Maximilian und Johannes begleitet. Gleichwohl hatten sie ihren Männern nicht restlos vergeben. Sie hielten den Kauf weiterhin für zu riskant.

Angereist waren auch Ludwig Nagel mit seiner Frau sowie Elke und Dieter. Ebenfalls gaben sich Chiara und Marisa Slataper die Ehre. Die Schwestern waren sehr glücklich darüber, an Nagel, Montus und von Lofte verkauft zu haben. Die fünf kamen miteinander zurecht. Man war sich sympathisch.

Der mörderische Kampf um dieses Weingut lag jetzt einige Monate zurück. Mino hatte alles gestanden. Die Tatwaffe hatte man in seinem Jeep gefunden. Er hatte damit auch Lord töten wollen, weil er für Marias Tod verantwortlich war.

Seine Frau und seine Söhne führten die Casa Ribolla weiter. Erfolgreich, wie Dora gehört hatte. Die Mordgeschichte lockte viele neugierige Touristen an.

Dennoch hatte Dora immer wieder Alpträume, in denen ein Mann, der Jim Lord ähnelte, Rotwein – oder war es Blut? – aus einem Weinfass in ein Glas zapfte. Der Mann trank aber nicht, sondern verschüttete den Inhalt des Glases langsam auf dem Boden. Sie war sich sicher, dass sie diesen Traum nicht weiter tiefenpsychologisch ausloten wollte.

Die Slataper-Frauen und Johannes tischten gewaltig auf. Es gab einheimische Spezialitäten. Gnocchi mit verschiedenen Soßen, selbstgemachte Nudeln mit Wildschweinragout, Rinderfilet am Stück gegrillt, selbstgebackenes Brot und Kuchen. Natürlich wurden die Weine – rote wie weiße – und das selbstproduzierte Olivenöl des Guts kredenzt. Der Tisch auf der Veranda des Weinguts drohte unter der Last der Speisen zusammenzubrechen.

Sie bemerkte, dass Johannes Laune immer besser wurde. Endlich konnte er wieder Wein trinken. Vermutlich würde auch sein Verleger drei Kreuze machen. Der berühmte Restaurant- und Weintester konnte wieder auf die Pirsch gehen.

Zwischenzeitlich hatte Johannes einen kleinen Weinführer für die Region Friaul fertig gestellt, der nächsten Monat erscheinen sollte. Dieter war Koautor. Der Journalist hatte geschichtliche Hintergründe des Landstrichs in kleinen, erläuternden Kapiteln beigefügt. Beide Autoren behaupteten: *Land und Leute, Speisen und Getränke lassen sich im historischen Kontext intensiver erleben.*

Dora warf Johannes einen liebevollen Blick zu. Ihr Partner philosophierte soeben bei einer Romeo y Julieta, Cedros de Luxe, über seinen abstinenten Lebensabschnitt. Paula war eine emsige Zuhörerin. Plötzlich unterbrach sie ihn. „Ach, Johannes, das wollte ich dir eigentlich schon längst gesagt haben. Im Zuge der ganzen Toten und dem Kauf des Weinguts hatte ich es ganz vergessen. Deine Leberwerte waren in Ordnung. Die haben im Labor deine Blutprobe verwechselt." Paula grinste breit über das ganze Gesicht. *Wenn das mal nicht volle Absicht gewesen war,* dachte Dora. Sie sah, wie sich Johannes Mund öffnete, die Zigarre seine Lippen verließ und zu Boden fiel.

EPILOG: KATERSTIMMUNG

Collio

Der nächste Morgen war für alle Beteiligten eine Herausforderung. Besonders für ihn war die Nacht eine schweißtreibende Angelegenheit gewesen. Johannes hatte unruhig geschlafen und brauchte den morgendlichen Espresso mehr, als er zugeben wollte. Er war den Alkohol nach so langer Abstinenz einfach nicht mehr gewohnt. Johannes war nicht mehr im Training.

Bei schönstem Wetter saßen sie alle wieder auf der Veranda des Weinguts und versuchten, den übermäßigen Weingenuss des Vorabends mit selbst gebackenem Weißbrot und Eiern körperlich auszudörren.

Johannes war nervös. Ihm stand heute noch ein schwerer Gang bevor. Aber er wusste, es war die richtige Entscheidung.

Dora lächelte ihn an und wirkte ausgeglichen wie nie. Auch der Restalkohol würde ihm hoffentlich in die Karten spielen. Der richtige Zeitpunkt war gekommen. Er sah Dora tief in die Augen und sagte: „Willst du mir in Zukunft überallhin folgen?"

Er sah aus den Augenwinkeln, wie Paula, die mit Maximilian rumschäkerte, hellhörig wurde.

„Ich bin doch nicht dein Hündchen!", erwiderte Dora, die verwirrt schien.

„Verdammt!", entfuhr es dem Restaurantkritiker. „Das war der Versuch eines Heiratsantrags."

Dora nahm Haltung an und atmete laut aus. „Reichen dir nicht die Erfahrungen deiner ersten Ehe?"

Johannes zuckte zusammen. „Das war nur ein Testlauf."

Hätte er es besser sein lassen sollen?, dachte er verstört.

„Na dann", sagte Dora. „Sage ich mal … ja!"

Jetzt kam Unruhe in die Gesellschaft. Dieter rief: „Ach du Scheiße! Dorothea, du solltest Johannes vor deiner finalen Antwort aber einem verschärften Verhör unterziehen. Wer weiß schon, welche Leichen er im Keller hat."

Elke ergänzte: „Mach einen Ehevertrag. In dem sollte er dir zusichern, dass er niemals mehr Geld für Wein als für dich und deine Garderobe ausgibt."

Und auch Maximilian versäumte nicht, seinen Senf dazuzugeben: „Darf ich das Brautpaar im Adams- und Evakostüm malen?"

„Seid doch einmal still!", rief Paula ihren Freunden zu. „Das ist doch mal eine super Nachricht. Doras und Johannes unmoralische Beziehung wird endlich legalisiert. Herzlichen Glückwunsch. Und noch etwas Johannes: Verheiratete Männer haben eine längere Lebenserwartung. Auch wenn sie mehr trinken, als ihnen guttut."

Endlich gelang es Johannes, das gute Stück, das er vor zwei Wochen bei einem Juwelier erstanden hatte, aus seiner Hemdtasche zu fischen. Ein schlichter silberfarbener Ring kam zum Vorschein.

„Wie? Kein dicker Brilli?", fragte Dieter. Er tat entsetzt.

Johannes sah ihn scharf an. „Blödmann! Der ist aus Platin."

„Na dann! Wo ist die Flasche mit dem Ribolla Gialla Spumante?", rief Dora.

Ebenfalls im Scylla Verlag erschienen

Dorothea Kosts erste Ermittlung

Das Messer im Jackett - Krimi
Autor: Christoph Brüggentisch
Taschenbuch ISBN 978-3-945287-26-2

Dorothea Kosts zweite Ermittlung

Spätburgunder Blues - Krimi
Autor: Christoph Brüggentisch
Taschenbuch ISBN 978-3-945287-29-3

Alle Veröffentlichungen des Scylla Verlags
finden Sie auf unserer Webseite

www.scylla-verlag.de

Besuchen Sie den Verlag auch auf Instagram oder Facebook

www.instagram.com/scyllaverlag
www.facebook.com/scyllaverlag